紅樓夢古抄本叢刊

俄羅斯聖彼得堡藏

石頭記

【一】

人民文學出版社

圖書在版編目(CIP)數據

俄羅斯聖彼得堡藏石頭記/(清)曹雪芹著.—北京:人民文學出版社,2013(2025.8重印)
(紅樓夢古抄本叢刊)
ISBN 978-7-02-009927-6

Ⅰ.①俄… Ⅱ.①曹… Ⅲ.①章回小説—中國—清代 Ⅳ.①I242.4

中國版本圖書館CIP數據核字(2013)第130788號

責任編輯　**胡文駿　李　俊**
裝幀設計　**劉　静**
責任印製　**王重藝**

出版發行　**人民文學出版社**
社　　址　**北京市朝内大街166號**
郵政編碼　**100705**

印　　刷　**三河市中晟雅豪印務有限公司**
經　　銷　**全國新華書店等**

字　　數　**1000千字**
開　　本　**880毫米×1230毫米　1/32**
印　　張　**110.5　插頁6**
印　　數　**5001—6000**
版　　次　**2014年1月北京第1版**
印　　次　**2025年8月第5次印刷**

書　　號　**978-7-02-009927-6**
定　　價　**560.00元(全六册)**

如有印裝質量問題,請與本社圖書銷售中心調换。電話:010-65233595

影印俄羅斯聖彼得堡藏抄本石頭記前言

任曉輝

一九六二年春，蘇聯漢學家李福清在蘇聯亞洲人民研究所列寧格勒分所發現了一部《紅樓夢》抄本，研究認為屬於早期抄本，李福清與列寧格勒分所的孟列夫合寫了《新發現的〈石頭記〉抄本》一文，發表在《亞洲人民》一九六四年第五期上，很快引起了海内外紅學專家的注意。因此本收藏於列寧格勒，故學者簡稱這個抄本作『列藏本』。如今，作為國家的蘇聯已經解體，列寧格勒亦恢復舊稱聖彼得堡，學界在提到這個抄本時，或仍稱『列藏本』，或改稱作『在蘇本』、『彼本』、『俄藏本』等等。綜觀歷史和現實，稱『俄藏本』似更妥帖。

此本在清道光十二年（一八三二）由庫爾良采夫帶回俄國。庫氏係俄國派往清朝的第十一屆東正教使團中的大學生團員，一八三〇年來華，一八三二年因病提前回國，此本即那時被帶回。起初，此本留存於俄國外交部圖書館，後移交蘇聯亞洲人民研究所列寧格勒分所，即現在的俄羅斯科學院東方古籍文獻研究所。

一九六四年，李、孟介紹此抄本的尺寸為 18.5×25.5 釐米，其後的文章關於抄本用紙尺寸的描述都沿用了這一說法。我帶皮尺測量得該書尺寸為16.5×25.5釐米，版面尺寸為12.5×17釐米。

該本現存一至七十九回（中缺第五、第六兩回，第七十九回包含其他抄本第八十回的內容），分裝五函，每函七冊，共三十五冊。該書流入俄國前曾經重裝，其後未再裝裱，外函套為硬塑膠類的材料製成，非傳統中式，東方所的研究人員認為是俄國製造。

從拆裝的痕跡判斷，裝裱前，原書破損較為嚴重，中縫多已開裂，據首尾破損的情形判斷，原書為五回裝訂一冊，在帶離北京以前曾經重新裝修過，改為每兩至三回一冊，原書的第五、第六兩回係重裝後的一冊，佚失。重裝時，使用乾隆《御製詩》四、五兩集的部分散頁做襯紙，翻面對折，中縫粘合。乾隆《御製詩五集》刊刻於乾隆六十年（一七九五），則該抄本重新裝裱的時間應在清嘉、道間（道光十二年之前）。

俄藏本的封皮係土黃色的封皮紙，正文用紙經檢驗為竹紙。這種上好的竹紙產於我國的福建山區，紙齡約二三百年。

翻檢乾隆《御製詩》一至五集，均為竹紙印製，俄藏本用紙與之相類。《御製詩》的用紙出自清乾隆朝無疑，抄本的用紙也是這一時期前後製造的竹紙。

俄藏本上有三處紙張生產、銷售過程中留存的鈐圖。這三處鈐圖是無意中發現的。二〇一二年六月二十六日下午，當核對到第二函第四冊第二十八頁，即第二十六回第一頁時，我發現內襯襯紙不是《御製詩》，而是一張單頁的竹紙（檢全書，這樣的單頁襯紙共有十處），襯紙上面沒有字，卻隱約有一個長條狀的藍紅圖案，隨即用雙手撐開襯頁，請攝影師Svetlana女士協助拍了照片（圖一）。

整個核對工作結束後，六月二十九日晚上我又將五函三十五冊書重新歸位核檢一遍，對照記錄，又把有竹紙襯紙的頁碼抽出細核，發現第四函第四冊第二十七頁，即第五十六回第一頁，也有長條狀的藍紅圖案。我與當晚陪同工作的工程師 Oleg 先生費了很大的周折拍得了一張基本滿意的照片（圖二）。

回國後於核對掃描檔時，在第五函第二冊第四十五頁，即插裝第六十五回第三十頁處，又發現一處藏於裝訂綫邊上的紅色圖案，似是一處長方鈐章的一側。求問東方研究所的波波娃所長，他們拆開了書，呈現整個圖章作：『達成詹記頂／拆荆川太史』（圖三）。

對於這幾種鈐於紙張上的圖案，相關專業人員告訴我，這樣的圖案在明清時期的古籍善本中經常可見，應當與造紙的廠家和售賣紙張的紙號有關。我在核實作為襯紙的清高宗御製詩時，也發現了類似的圖記、圖章，如：《御製詩初集》上（圖四）、《御製詩二集》上（圖五）、《御製詩三集》上（圖六）、《御製詩四集》上（圖七）、《御製詩五集》上（圖八）。從所附圖中，我們知道，在乾隆一朝近五十年的御製詩的印行時間中，所用的紙張上大都鈐有生産和銷售環節的圖記、圖章，由於鈐圖的形式、圖章的樣式大多類似，從而提示我們這些紙張大致是同一地區、同一時間段的産品。

藍紅圖記是紙廠的標記，我們很難據這些不完全的圖案判讀出這些紙張出自哪個紙廠，但是，憑這些紙張上的鈐圖均為藍紅圖案，而且圖案類似，可以確定是同一類紙。根據圖三所示『達成詹記頂/拆荆川太史』同圖八所示『隆興禮記頂/拆荆川太史』的比較，可以判斷俄藏本抄書用的紙張與《御製詩五集》所使用的紙張都是『荆川太史』紙，這一點應是可以確定的。

在我們所見到的史料中，最早提到『荆川太史』四個字的，是葉夢珠（生於一六二三年，卒於康熙中葉）撰於清初的《閱世編》：『竹紙如荆川太史連、古筐將樂紙，予幼時七十五張一刀，價銀不過二分，後漸增長。至崇禎之季、順治之初，每刀止七十張，價銀一錢五分。馴至康熙丁未（康熙六年，一六六七年），每刀不過一分八厘。自甲寅（康熙十三年，一六七四年）春，閩中兵變，價復驟長，每刀又至一錢四五分，往往以浙中所產醜惡者充賣。至十五年丙辰九月，耿藩歸正，而後紙價漸平。今每刀七十張，價銀三分五厘，庶幾去舊不遠。至康熙二十六年，每刀不過紋銀二分，竟復古矣。』[一] 葉夢珠的這段記載除了經濟史料的價值外，還為我們解讀『荆川太史』提供了其他很有價值的資訊：一是告訴我們荆川太史連紙是竹紙，二是這種上好的竹紙產在福建。臺灣大學中文系張寶三先生在《清代中文善本古籍中所鈐紙廠印記研究》一文中，介紹了鈐於臺灣大學圖書館藏《十三經注疏》中之《毛詩注疏》（清重刊汲古閣刻本）上的紅色長方印記，文字內容為：『福建/安隆盛號本/廠督造潔白/荆川毛八太/史紙貨發行』[二]，也可證明生產『荆川太史』紙的安隆盛號廠址在福建。

〔一〕葉夢珠：《閱世編》卷七《食貨六》，中華書局，二〇〇七年，第一八二頁。

〔二〕張寶三：《清代中文善本古籍中所鈐紙廠印記研究》，《臺大中文學報》二〇一二年十二月，第三十九期，第二一〇頁。

關於造紙材料，我國各地所用的不盡相同，據鄧之誠的《骨董瑣記》：『造紙，蜀人以麻，閩人以嫩竹，北人以桑皮，剡溪以藤，海人以苔，浙人以麥麩稻稈，吳人以繭，楚人以楮。……』〔一〕這份瑣記指出了福建人造紙是以嫩竹為原料的。同時蔣玄佁先生在《中國繪畫材料史》中也說：『荆川一帶產品所出有連四等紙而較厚，但所謂荆川簾一名稱，在清代則為竹紙。』〔二〕蔣先生的說法，再次印證荆川簾（連）為竹紙，而荆川似是指代地名。前段調查時，國家古籍保護中心實驗室的易曉輝先生在介紹『古筐將樂紙』時，也肯定地說古筐也是福建的地名。張寶三先生論文中介紹的另一處鈐圖也可證明『古筐』、『荆川』為同一地區，這處鈐圖鈐於臺北國家圖書館藏的《徐霞客遊記》（清初抄本）中，鈐圖也為紅色長方印記，文字內容為『（前缺）廠督造古匡/荆川太史紙』〔三〕。關於太史連紙，在白木先生整理的《古代名紙的演變與鑒賞》中是這樣介紹的：『太史連紙：紙質骨立，正面光滑，背面稍澀，無草棍紙屑粘附。韌性比棉連紙差，紙料很細，色黃。清朝康熙以後印書，多用此紙。如《武英殿聚珍版叢書》全都採用太史連紙。』〔四〕太史連紙在田洪生先生編的《紙鑒》上的描述是：『色呈淺黃，質地細膩勻淨，綿軟有韌性，簾紋明顯。清內府刻印圖書用紙。清雍正年間用銅活字排印的殿本《古今圖書集成》所採用的兩種紙，一種為

〔一〕鄧之誠：《骨董瑣記》卷五，中國書店，一九九一年，第一五六頁。
〔二〕蔣玄佁：《中國繪畫材料史》，上海書畫出版社，一九八六年，第六六—六七頁。
〔三〕張寶三：《清代中文善本古籍中所鈐紙廠印記研究》，《臺大中文學報》二〇一二年十二月，第三十九期，第二二〇頁。
〔四〕白木：《古代名紙的演變與鑒賞》，《中國印刷》二〇〇三年第一期，第一一九頁。

開化紙，另一種為太史連紙。此紙又稱連史紙。』[一]而對於連史紙，白木先生的文中稱：『又叫「連四紙」、「連泗紙」，紙質較厚者又稱為「海月紙」。原產於福建邵武，以及閩北地區和江西省鉛山縣一帶。採用嫩竹做原料，堿法蒸煮，漂白製漿，手工竹簾抄造。』[二]

綜合上述材料，我們對『荊川太史』紙已基本可以確定它是產在我國福建地區的一種上好竹紙，多為清中期宮廷刊刻圖書所使用。為此我又翻查了《清內府刻書檔案史料彙編》，查得在乾隆末年的一次購置印刷材料的記錄：『乾隆五十八年十一月：辦買棉連紙，價銀12457.6兩；辦買太史連紙、毛頭紙、黃箋紙、黃布包袱等物料價銀4381.5兩。』[三]因資料所限，衹查到這樣一條與購買太史連紙有關的記錄，但聯繫乾隆六十年《御製詩五集》的刊刻時間，這批太史連紙或許與此有關。在北京國家圖書館藏的《御製詩五集》中，就有一處鈐圖為『隆興禮記頂/拆荊川太史』（見圖八），足可證明《御製詩五集》的用紙是荊川太史紙。

幾處鈐章在『荊川太史』上邊都有『頂拆』二字，而『頂拆』何解，也是困擾我良久的難題。二〇一二年底，面詢《紙和造紙》雜誌副總編、中國工商大學的劉仁慶教授時，劉教授不厭其煩地予以指教，又與同專業的老師共同探討，並翻出老版《康熙字典》查考，最後從『頂』、『拆』的字面意義破解，認為可能是『精選』的意思。

〔一〕田洪生編：《紙鑒》，山西古籍出版社，二〇一二年，第七二頁。
〔二〕白木：《古代名紙的演變與鑒賞》，《中國印刷》二〇〇三年第一期，第一一九頁。
〔三〕翁連溪編：《清內府刻書檔案史料彙編》，廣陵書局，二〇〇七年，第四〇八頁。

俄藏本在重裝時以乾隆《御製詩》四、五兩集的部分散頁作襯紙，這在前輩學者的以往報告中均已提到，這次核驗，我也特別查看了襯紙的情況，每一頁都從雙層紙（一層是抄書的竹紙、一層也是竹紙，印製字體闊朗的乾隆《御製詩》，用作襯紙）的中間撐開，對襯入的《御製詩》集、卷、頁逐項進行核對並做了記錄。

經核查國家圖書館藏乾隆《御製詩五集》共五十六冊（含目錄六冊）、一百一十二卷（目錄十二卷）、三千七百七十三頁；俄藏本中襯紙部分使用了其中的二十冊、三十九卷、一千零九十五頁。

經核對北京大學圖書館藏乾隆《御製詩四集》（影印本）和臺北臺灣大學藏《御製詩四集》共五十六冊（含目錄六冊）、一百一十二卷（目錄十二卷）、三千六百八十九頁；俄藏本中襯紙部分使用了其中的十一冊、二十一卷、六百五十頁。

俄藏本經重裝後現存三十五冊，分裝五函，總頁數一千七百五十五頁。重裝時使用《御製詩》做襯紙，《四集》使用六百五十頁，《五集》使用一千零九十五頁，同時使用空白竹紙十頁。

對俄藏本重裝使用《御製詩》的情況我祇是就便做了資料統計，而對重裝時何以如此使用清高宗的《御製詩》作襯紙，詳細破解，難度很大，鄙人才疏學淺，識見有限，不敢強作解人。

流散海外一百八十餘年的這部手抄本，自上世紀六十年代初蘇聯漢學家報告以來，又匆匆過去半個世紀。海內外除個別學者到聖彼得堡短時間翻檢原書外，大多數研究者都是對着影印本進行研究，多集中在正文文字和批語的對比研究上。雖然取得了許多寶貴的研究成果，但是，不可否認的是影印本畢竟不是原本，在此基礎上的判讀難免失之偏頗，諸如對紙質的判斷、對原書傳遞出的古舊資訊的判斷，都難免有局限，甚至直接影響對該抄本抄成年代和版本價值的判讀。經過此次目驗，逐頁反復驗看原書，結合該書重裝前破損的程度和紙樣鑒定，我們可以知道，原書在重裝前經過了較長時間的翻閱，可能是一二十年，更大的可能是三五十年，這樣，這部書的抄成時間就可能在清乾隆中晚期，這個時間也正是《石頭記》抄本流傳的時間。

從與其他抄本的比對情況看，俄藏本的部分回次形成較早，如爭議較大的第十六回、第二十二回的結尾部分所顯示的版本信息；題同文異的第六十七回，在閱讀和版本兩方面都具有很高的價值；另外，第七十九回、第八十回尚未分回的原始狀況等，都説明此抄本的底本或許是曹雪芹披閱增删過程中較早文字的存留，其中有些文字甚至可能是作者創作原貌，如衆所周知的第三回關於林黛玉眉目的描寫，惟此抄本最存本真。再從僅有的二百六十餘條批語來看，此抄本雙行批語最少，僅七十餘條，其他的一百八十餘條眉、側批，與雙行批一樣，都沒有署名，但可以肯定有相當的部分是屬於早期批語，可確定為脂批。

俄藏本的正文和批語是我們研究《石頭記》早期抄本不可多得的珍貴資料，隨着新一輪對《石頭記》古抄本的仿真影印，對這個抄本的研究，以及對其他抄本的研究都將進一步深入下去，我們期待着更多新的研究成果的出現。

二〇一三年六月

圖一

圖二

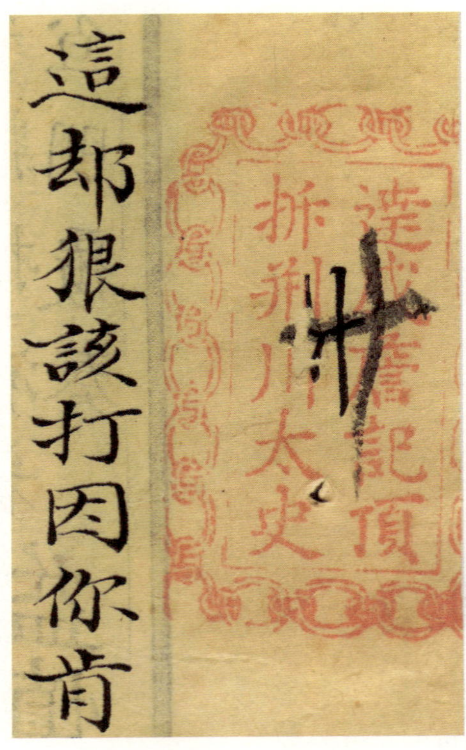

圖三

圖四

圖五

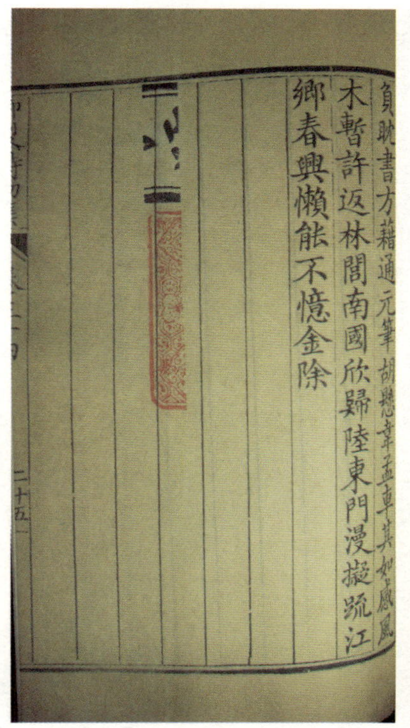

負耽書方藉通元筆胡懸章孟車萁如感鳳

木暫許返林閭南國欣歸陸東門漫擬踈江

鄉春興懶能不憶金除

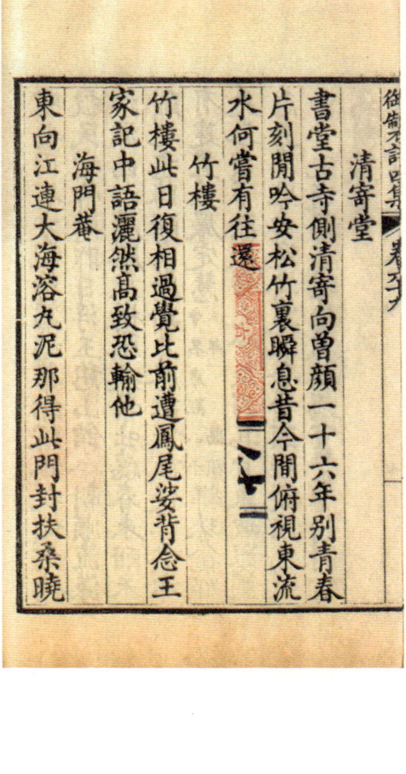

清寄堂

書堂古寺側清寄向曾顏一十六年别青春

片刻閒吟安松竹裏瞬息昔今間俯視東流

水何嘗有往還

竹樓

竹樓此日復相過覺比前遭鳳尾娑背念王

家記中語灑然高致恐輸他

海門菴

東向江連大海溶丸泥那得此門封扶桑曉

圖六

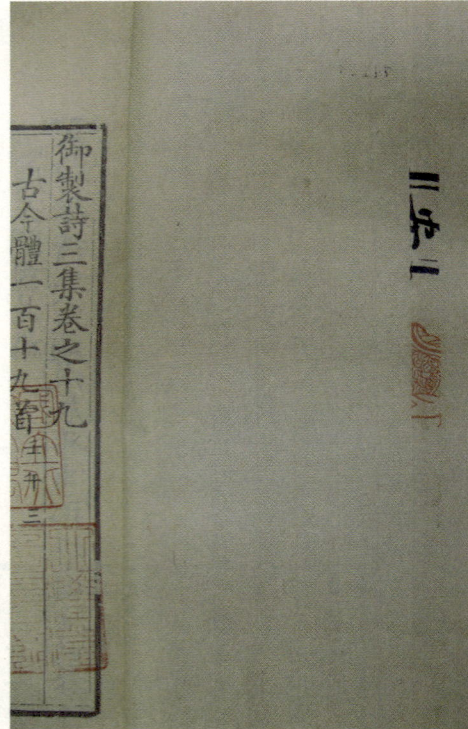
御製詩三集卷之十九
古今體一百十九首

圖七

圖八

目錄

[一]『蘆』，原書章回題目作『芦』，下同。『亂』，原書章回題目作『乱』，下同。
[二]第五、第六回，正文缺。
[三]『寶釵』，原書章回題目作『宝釵』；『寶玉』，原書章回題目作『宝玉』。『絳雲軒』，正文作『絳芸軒』。

〔一〕 原書無章回題目。
〔二〕 『寶玉』，原書章回題目作『宝玉』。
〔三〕 『寶玉』，原書章回題目作『宝玉』。
〔四〕 『癡』，原書章回題目作『痴』，下同。

〔一〕『蘅蕪苑』，原書章回題目作『蘅蕪院』。

〔一〕『卻』，原書章回題目作『却』。
〔二〕『懼』，原書章回題目作『惧』。
〔三〕『宴』，原書章回題目作『晏』。

〔一〕「邊」，原書章回題目作「边」。
〔二〕「斷」，原書章回題目作「断」。

〔一〕「觀」，原書章回題目作「覌」。

石頭記第一回

甄士隱夢幻識通靈
賈雨村風塵懷閨秀

此開卷第一回也。作者自云。因曾歷過一番夢幻之後。故將真事隱去。而借通靈之說。撰此石頭記一書也。故曰甄士隱云云。但書中所記何事何人。自又云。今風塵碌碌。一事無成。忽念及當日所有之女子。一

一細考較去覺其行止見識皆出於我之
上何我堂堂鬚眉誠不若彼裙釵哉實愧
則有餘悔又無益之大無如何之日也當
此則自欲將已往所賴　天恩祖德錦衣
紈袴之時飫甘饜肥之輩背父兄教育之恩
負師友規談之德以致今日一技無成半
生潦倒之罪編述一集以告天下人我之
罪固不免然閨閣中本自歷歷有人萬不

可因我之不肖自護己短一併使其泯滅
也雖今日之茆掾蓬牖瓦竈繩床其晨夕
風露階柳庭花亦未有妨我之襟懷筆墨
雖我未學下筆無文又何妨用假語村言
敷演出一段故事來亦可為閨閣傳照復
可悅世之目破人愁悶不亦宜乎故曰賈
雨村云云
列位看官你道此書從何而來說起根由

雖近荒唐細按則有趣味待在下將此来歷註明方使閱者了然不惑原来當年女媧氏煉石補天之時于大荒山無稽崖煉成高徑十二丈方徑二十四丈頑石三萬六千五百零一塊媧皇氏只用了三萬六千五百塊只單〻的剩下了一塊未用便棄在此山青埂峰下（能大能小）誰知此石自經煅煉之後靈性已通因見衆石俱得補天獨自（妙）己無

材不。堪入。選。遂自怨自嘆。日夜。悲。號。慚愧。以原是頑石
一日正當嗟悼之際。俄見一僧一道。遠遠
而来。生得氣骨不凡。丰神迥異。来至石下。
席地坐而長談。只見一塊鮮明瑩潔的美
玉。且又縮成扇墜大小。可佩可拿。那僧托
於掌上。笑道。形體倒也是個寶物了。還只
無有實在的好處。須得再鐫上數字。使人一
見便知是奇物方妙。然後好携你到那昌

靈已不為石、更可歎矣

此时石頭依舊、何由能語

明、隆盛之邦、（每語微露○下文、）詩禮簪纓之族、花錦繁華之地。溫柔富貴之鄉、去安身樂業。石頭聽了喜不能禁。乃問不知弟子那幾件奇處、又不知攜了弟子到何處。望乞明示、使弟子不惑。那僧笑道、你且莫問、日後自然明白的。說著便袖了那石、同那道人飄然而去、竟不知投奔何方何舍。去了、後來不知又過了幾世幾劫。因有個空空道人訪道求仙

忽從這大荒山。無稽崖。青埂峰下經過。忽
見一大石。上字跡分明。編述歷々。空々道
人。乃從頭一看。原來就是無才、補天。幻形
入世。蒙茫々大士。渺々真人。携入紅塵。歷
盡一番離合悲歡。炎涼世態。的一段故事。
後面、又有一首偈云。

無才可去補蒼天。枉入紅塵若許年。

此係身前身後事。倩誰寄去作奇傳。

詩後。便是此石墜落之鄉。投胎之處。親自經歷的一段陳跡故事。其中家庭閨閣瑣事。以及閑情詩詞。到還全備。或可適趣解悶。然朝代年紀地輿邦國。却反失落無考。空空道人向石頭說道。石兄。你這一段故事。據你自己說有些趣味。故編寫在此。意欲問世傳奇。據我看來。第一件、無朝代年紀可考。第二件並無大賢大忠。理朝廷。治風俗。的善政。其中不過幾個異個樣的女子。或情或痴。或小才微善。亦無班姑蔡女之德能。我縂抄去。恐世人不愛看呢。石頭笑答道。我師何太痴也。若云無朝代可考。今我師竟假借漢唐等年紀添綴。又何難也。但我想歷來。野史皆蹈一轍。莫如我這不借此套者。反到新奇别致。不過過取其事體情理罷了。又何必拘〻於朝代年紀哉。

再者市井俗人喜看理治之書者甚少愛
看適趣閑文者特多歷來野史或訕謗君
相或貶人妻女姦淫兇惡不可勝數更有
一種風月筆墨壞人子弟又不可勝數至
若佳人才子等書到有千部共出一套且
其中終不能不涉於淫濫以至滿紙潘安
子建西子文君不過作者要寫出自己那
首情詩艷賦來故假擬出男女二人之名

姓。又必旁出一小人。其間撥亂。亦如戲中之小丑。然且环婢開口。即者也之乎。非文即理。故逐一看去。悉皆自相矛盾。大非情理之話。竟不如我半世親覩親聞的幾個女子。雖不敢說強似前代書中、所有之人。但事跡原委。亦可以消愁破悶也。有幾首歪詩熟話。可以噴飯供酒。至若離合悲歡。興衰際遇。則追踪又攝跡。不敢少加穿鑿。

徒為供人之目。而反失其真傳也。今之人貧者。為衣食所累。富者又懷不足之心。總一時少閒。又有貪淫戀色。好貨尋愁之事。那裡有功夫去看那理治之書。所以我這一段事。也不願世人稱奇道妙。也不定要世人喜悅檢讀。只願他當那為醉淫飽卧之時。或避事去愁之際。把此一玩。豈不省了。口。舌。是非之害。腿腳奔忙之苦。再者亦

[illegible]

令世人換新眼目。不比些胡牽亂扯。忽離忽遇。滿紙才子、淑女、子建、文君、紅娘、小玉、等通共熟套之舊稿。我師意為何如。空空道人聽如此。思忖半晌。將這石頭記再檢閱一遍。因見上面雖有些指奸責佞貶惡誅邪之語。亦非傷時罵世之旨。及至君仁臣良、父慈子孝。凡倫常所關之處。皆是稱功頌德。眷眷無窮。寔非別書之可比。雖其中大旨談情亦不過實錄其事又非假擬妄稱一味淫邀艷約私訂偷盟之可比因毫不干涉時世方從頭至尾抄錄回來問世傳奇因空見色由色生空情傳情入色自色悟空々道人遂易名為情僧改石頭記為情僧錄東魯孔梅溪則題曰風月寶鑑後因曹雪芹於悼紅軒中披閱十載增删五次纂成目錄分出章回則題曰金陵

十二釵並題一絶云

滿紙荒唐言　一把辛酸淚

都云作者痴　誰解其中味

出則既明且看石上是何故事按那石上書云當日地陷東南這東南一隅有處曰姑蘇有城曰閶门者最是紅塵中一二等富貴風流之地這閶门外有個十里街々內有個仁清巷々內有個古廟因地方窄

狭。人皆呼作葫蘆廟。廟傍住着一家鄉宦。姓甄。名費。字士隱。嫡妻封氏。情性賢淑。深明禮義。家中雖不甚富貴。然本地便也推他為望族了。因這甄士隱禀性恬淡。不以功名為念。每日只以觀花修竹。酌酒吟詩為樂。到是神仙一流人品。只是一件不足。如今年紀半百。膝下無兒。只有一女。乳名英蓮。年方三歲。一日炎暑永晝。士隱于書

房閒坐至手倦抛書伏几少憩不覺朦朧
睡去夢至一處不辨是何地方忽見那廂
来了一僧一道且行且談只聽道人问
道你携了這蠢物意欲何往那僧笑道你
〔何心的〕
放心如今現有一段風流公案正該了結
這一干風流冤家尚未投胎入塵趁此
機會就將此蠢物夾帶於中使他去经歷
经歷那道人道原来近日風流冤孽又将

遭劫歷世去但不知落于何方何處那僧
笑道此事説来好笑竟是千古未聞的故
事只因西方靈河岸上三生石畔有絳珠
草一株時有赤瑕宮神瑛侍者日以甘露
灌溉這絳珠草始得久延歲月後來既受
天地精華復得雨露滋養遂得脱却草胎
木質得換人形僅修成女體終日遊于離
恨天外飢則食密青菓爲膳渴則飲灌愁

海水為湯。只因尚未酬報、灌溉之德。故甚
至五內。便鬱結著、一段纏綿不盡之意。恰
近日、這神瑛侍者。凡心偶熾。乘此昌明太
平、朝世。意欲下凡造歷幻緣。已在警幻仙
子案前、掛了號。警幻亦曾問及灌溉之情。
未。償。趁此到可了結的。那絳珠仙子道。他
是甘露之惠。我並無此水可還。他既下世
為人。我也去下世為人。但把我一生所有

的眼淚。還他。也償還得過他了。因此一事。
就勾出多少風流冤家。陪他們去了。結此
業案。那道人道。果是罕聞。實未聞有。還眼
淚之說。想來這一段故事。比歷來風月事
故。更瑣碎細膩了。那僧道。歷來幾個風流
人物。不過傳其大概。以及詩酒篇章而已。
至家庭閨閣中。一飲一食。總未述記。再者
大半風月故事。不過偷香竊玉。暗約私奔。

而已。並不將兒女真情發洩其一二。想這一干人、入世。其情痴色鬼賢愚不肖者。悉與前人傳述不同矣。那道人道。趁此何不你我也去下世。度脫幾個。豈不是一場功德。那僧道。正合我意。你且同我到警幻仙子宮中。將此蠢物、交割清楚。待這一干風流孽鬼下世已完。你我再去。如今雖已有一半落塵。然猶未全集。道人道。既如此。便

隨你去來。卻說甄士隱。俱聽明白。但不知
所云蠢物係何東西。遂不禁上前施禮。笑
問道。二仙師請了。那僧道也答禮相問。士
隱因說道。適聞仙師所談。因果實人罕聞
者。但弟子愚濁。不能洞悉明白。若蒙大開
痴頑。備細一講。則洗耳諦聽。猶能警省。亦
可免沉淪之苦。二仙笑道。此乃玄機。不可
預洩者。到那時只不要忘了我二人。便可

跳出火坑矣士隱聽了不便再問因笑道云
機不可預洩但適云蠢物不知為何者或
可一見否那僧道若問此物到有一面之
緣說着遞與士隱士隱接了看時原来是
塊鮮明美玉上面字跡分明鐫着通靈寶
玉四字後面還有幾行小字正欲細看時
那僧便說已到幻境便强從手中奪了去
與道人竟過一大石牌坊上大書四字乃

是　太虛幻境。　兩邊又有付對聯。寫道
是。
　　假作真時真亦假。　無為有處有還無。
士隱竟欲也跟了過去。方舉步時。忽聽得一
聲霹靂。有若山崩地限。士隱大叫一聲。定
睛一看。只見烈日炎炎。芭蕉冉冉。夢中之
事。便忘了對半。又見奶母正抱了英蓮步
來。士隱見女兒越發生得粉粧玉琢。乖覺

可喜。便伸手接來。抱在懷内。鬪他頑耍一回。又帶至街門前看那過往人熱鬧。方欲進來時。只見從那邊來了、一僧、一道。那僧則癩頭跣足。那道則跛足蓬頭。瘋瘋、癲癲、揮霍談笑而至。及到了門前。看見士隱抱着英蓮。那僧便大哭。起來。又向士隱道。施主你把這有命無運。累及爹娘之物。抱在懷内做甚。士隱聽了是瘋話也不去採他。那

僧還說。舍我罷。舍我罷。士隱不耐煩。便抱
女兒、撤身要進去。那僧乃指着他。大笑。口
内念了四句、言詞、道、是。
慣養嬌生笑你痴。菱花空對雪澌。澌。
好防佳節元宵後。便是烟消火滅時。
士隱聽得明白。心下猶豫。意欲問他們来
歷。只聽道人說道。你我不必同往。就此分
手。各幹營生去罷。三劫後。我在北邙山等

二六

你會齊了。同往太虛幻境消號去。那僧道最妙最妙。說畢。二人一去。再不見個踪跡了。士隱心中此時自忖。這兩人。必有來歷。該試一問。如今悔却晚也。這士隱正痴想。忽見隔壁。葫蘆廟內。寄居的一個窮儒。姓賈。名。化。表字時飛。別號雨。村。者。走了出來。這雨村。本是湖州人。氏。原係詩書仕宦之族。因他生於末世。父母祖宗根基。一盡人口衰喪。只剩得他一身、一口。在家鄉、無益。因進京求取功名。再整基業。自前歲來此。又淹蹇住了。暫寄廟中安身。每日賣字作文為生。故士隱常與他交接。當下雨村見了士隱。忙施禮陪笑道。先生倚門佇望。敢街市上可有新聞否。士隱笑道、非也。適因小女啼哭。引他出作耍。正是無聊之甚。兄來得正妙。請入小齋、一談。彼此皆可消此

永晝説着便令人送女兒進去自携了雨
村来至書房中小童獻茶方談得三五句
話忽家人飛報嚴老爺来拜士隱慌忙的
起身謝罪道恕誑駕之罪畧坐弟即来陪
雨村忙起身亦讓道老先生請便晚生乃
常造之客稍候何妨説着士隱已上前廳
去這里雨村且翻弄書籍解悶忽聽窓外
有女子嗽聲雨村遂起身往窓外一看原

来是個了環在那里擷花生得儀容不俗
眉目清明無雖十分姿色却亦有動人之
處雨村不覺看得呆了那甄家了環擷了
花方欲走時猛抬頭見窗內有人敝巾舊
服雖是貧窘然生得腰圓膀厚面闊口方更
兼劍眉星眼直鼻權腮這了環轉身迴避
心下乃想這人生得這樣雄壯却又這權樣
濫縷想他定是我家主人常説的什庅賈

雨村了。每有意帮助周濟。只是没甚機會。我家並無這樣貧窮親友。想定是此人無疑了。怪道又説他必非久困之人。如此想来。不免又回頭兩次。雨村見他回了頭。便自為這女子心中有意於他。更狂喜不禁。自為此女子必是個巨眼英豪。風塵中之知己也。一時小童進来。雨村打聽得前面留飯。不可久待。遂從夾道中自便出门去。

了士隱待客散既知雨村自便也不去再
邀一日早又中秋佳節士隱家宴已畢乃
另具一席于書房中却自己步月至廟中
来邀雨村原来雨村自那日見了甄家之
婢曾回顧他兩次自爲是個知己便時刻
放在心上又正值中秋不免對月有懷因
而口占五言一律云
未卜三生願　頻添一段愁　悶来時

斂額。行去幾回頭。自顧風前影。
誰堪月下儔。蟾光如有意。先上玉
人樓。
雨村吟罷。因又思及平生抱負。苦未逢時。
乃又搔首對天長嘆。復高吟一聯云。
玉在匵中求善價。釵于奩內待時飛。
恰遇士隱走來聽見。笑道。雨村兄真抱負
不淺也。雨村忙笑道。豈敢。不過是偶吟前

人之句。何敢狂誕至此。因問老先生何興到此。士隱笑道今夜中秋俗謂團圓之節。想尊兄旅寄僧房不無寂寞之感。故特具小酌邀兄到敝齋一飲。不知可納芹意否。雨村聽了。並不推辭。便笑道既蒙謬愛何敢拂此盛情。說着便同了士隱過這邊書院中來。須臾茶畢。早已設下杯盤。那美酒佳餚。自不必說。二人歸坐。先是款飲。次漸

談至興濃。不覺飛觥限斝、起来。當時街坊
上家〻簫管。户〻歌弦。當頭一輪明月。飛
彩凝輝。二人愈添豪興。酒到杯乾。雨村此
時已有七八分酒意。狂興不禁。乃對月偶
懷口號一絕云。
　時逢三五便團圓。滿地晴光護玉欄。
　天上一輪纔捧出。人間萬姓仰頭看。
士隱聽了大叫妙哉。吾每謂兄必非久居

人下者今時吟之句飛騰之兆已見不日
可接履于雲霓之上矣可賀乃親斟一斗
為賀雨村因乾過嘆道非晚生酒後狂言
若論文學晚生也或可去充數沽名只是
目今行囊路費一概無措都京路遠非賴
賣字撰文即能到者士隱不待說完便道
兄何不早言愚每有此意但每遇兄時兄
並未談及愚故未敢唐突今既及此愚雖

不才。義利二字。却還識得。且喜明歲正當大比。兄宜作速入都。春闈一戰。方不負兄之所學也。其盤費餘事。弟自代為處置。亦不枉兄之謬識矣。當下即命小童進去。速封五十兩白銀。並兩套冬衣。又云十九日乃黃道之期。兄可即買舟西上。待雄飛高舉。明冬再晤。豈非大快之事也。雨村收了銀衣。不過畧謝一語。並不介意。仍是吃酒談笑。那天已交三鼓。二人方散。士隱送雨村去後。回房一覺直至紅日三竿方醒。因思昨夜之事。意欲寫兩封薦書。與雨村帶至京都。使雨村投謁個仕宦之家。爲寄足之地。因使人過去請時。那家人去了回來。説和尚説賈爺今日五鼓已進京去了。也曾留下話與和尚。轉達老爺。説讀書人不在黄道。總以事理爲要。不及面辭了。士隱聽了。也只得罷了。真是閒處光陰易過。倏忽又是元宵佳節矣。因士隱命家人霍啟。抱了英蓮去看社火燈。半夜中霍啟因要小解。便將英蓮放在一家門檻上坐着。待他小解完了。來抱時那有英蓮的踪跡影。急得霍啟直尋了半夜。至天明不見。那霍啟也就不敢回來見主人。便逃往他鄉去了。那士隱夫妻見女兒一夜不歸。便知有些不妥。便再使幾個去尋找。回来皆云連音響皆無。夫妻二人半世只生此女。一旦失落。豈不思想。因此晝夜啼哭。幾乎不曾尋死。看看一月。士隱先得了一病。當時封氏孺人也因思女構疾。日日請醫療治。不想這日。三月十五。葫蘆廟中炸供。那些和尚不加小心。致使油鍋火逸。便燒着窗紙。此方人家。多用竹籬木壁者甚多。大抵也因劫數。于是接二連三。牽五掛四。將一條街燒得如火焰山一般。彼時雖有軍民来救。那火已成了勢。如何救得下去。直燒了一夜。漸漸的息下去。也不知燒了幾家。只可憐甄家在隔壁。燒成一片瓦礫塲了。只有他夫婦並幾個家人的性命。不曾傷了。急得士隱惟跌足長嘆而已。只得與妻子商議。且到田庄上安身。偏值近年水旱不收。

鼠盜蜂起。無非搶錢奪米。鼠竊狗偷。民不安生。因此官兵剿捕。難以安身。只得將田庄都折變了。便携着妻子。與兩個了環投他岳丈。此人名喚封肅。本貫大如州人氏。雖是務農。家中却是殷實。今見女婿這等狼狽而來。心中便有些不樂。幸而士隱還有折變地的銀子。未曾用完。拿出來託他隨分就價。薄置些須房地。為後日衣食之計。那封肅。便半哄半賺。些須與他薄地朽屋。
士隱乃讀書之人。不慣生理稼穡等事。勉
强支持了一二年。越覺窮了下去。封肅每
見面時。便說些現成話。且人前人後。又怨
他們不善過活。只一味好喫懶做等語。士
隱知投人不着。心中未免悔恨。再兼上年
驚唬急忿怨痛已傷。暮年人貧病交攻。竟
漸〻的露出那下世的光景來。可巧這日

拄了拐杖。步到街前散心。忽見那邊來了一個跛足道人。瘋狂落脫。蔴屣鶉衣。口內念着幾句言詞。道是。

世人都曉神仙好。惟有功名忘不了。古今將相在何方。荒塚一堆草沒了。世人都曉神仙好。只有金銀忘不了。終朝只恨聚無多。積至多時眼閉了。世人都曉神仙好。只有姣妻忘不了。夫妻日

罵世語圓痛快俱足和尚語氣耳

日説恩情。夫死又隨人去了。世人都曉神仙好。只有兒孫忘不了。癡心父母古来多。孝順兒孫誰見了。

士隱聽了。便迎上前来道。你滿口説些甚麽。只聽見好了好了。那道人笑道。你若果聽見好了二字。還算你明白。可知世上萬般。好便是了。了便是好。若不了。便不好。若要好。須是了。我這歌兒便名好了歌。士隱本

透徹之極

是宿慧的。一聞此言。心中早已徹悟。因笑道。且住。待我將你這好了歌注出来何如。道人笑道。你解你解。士隱乃說道。

陋室空。當年笏滿床。衰草枯楊。曾為歌舞場。蛛絲兒結滿雕樑。綠紗今又糊在蓬窗上。說甚脂正濃。粉正香。如何兩鬢又成霜。昨日黃土隴頭送白骨。今宵紅燈帳底臥鴛鴦。金滿箱。銀滿箱。展眼

乞丐人皆謗。正嘆他人命不長。那知自
己又來喪。保不定日後作強梁。擇膏粱。誰
承望流落在烟花巷。因嫌紗帽小。致使
鎖枷扛。昨憐破襖寒。今嫌紫蟒長。亂烘
烘你方唱罷我登場。反認他鄉。是故鄉。
甚荒唐。到頭來。都是為他人作嫁衣裳。
那道人听了。拍掌笑道解得切。解得切。士
隱便說一聲走罷。將道人肩上搭褳搶了

過来。背着竟不回頭。同了瘋道人。飄々而
去。當下烘動了街坊。衆人當作一件新文。
傳説封氏聞得此信。哭了個死去活来。只
得與父親商議。遣人各處尋訪。那討音信。
無奈何。少不得倚靠着他父母過日。幸而
身邊還有兩個舊日了環。伏侍。主僕三人。
日夜作些針指發賣。幫着父親用度。那封
肅雖然日々抱怨。也無可奈何了。這日那

甄家大丫環在门前買線。忽聽街上喝道之聲。衆人都說新太爺到任了。丫環於是隱在门內看時。只見軍牢快手一對一對的過去。俄而大轎內。抬着一個烏帽猩袍的官府、過去了。丫環到發了怔。自思這官好面善。到像在那里見過的。于是進入房中。也就丢過。不在心上。至晚間正待歇息之時。忽聽一片聲打的门响。許多人亂嚷

說夲府大爺的差人。來傳人問話。封肅聽了。唬得目瞪痴呆。不知有何禍事。下回便曉

石頭記第二回

賈夫人仙逝揚州城

冷子興演說榮國府

此回亦非正文。本旨只在冷子興一人。即俗謂冷中出熱。無中生有也。其演說榮府一篇者。蓋因族大人多。若從作者筆下一一敘出。盡一二回不能得明白。則成何文字。故借冷字一人略出其文。半使閱者心

中已有一榮府隱〻在心。然後用黛玉寶
釵等。兩三次皴染。則耀然于心中眼中矣。
此即畫家之三染。
未寫榮府正人。先寫外戚。是由遠及近。由
小至大也。若先叙出榮府。然後一〻叙及
外戚。又一〻〻至朋友。至奴僕。其死後拮据
之筆。豈作十二釵人手中之物也。今先寫
外戚者。正寫榮国一府也。故又怕閑文贅

凜。開筆即寫賈夫人已死。是特使黛玉入榮府之速也。通靈寶玉在士隱夢中一出。今又于子興口中一出。閱者洞、已然矣。然後於黛玉寶釵二人目中極精極細、一描。則是文章鎖合、處。蓋不肯一筆直下。有若放閘之水。然信之爆。使其精華一洩。而無餘也。究竟此玉原應出自釵黛目中。方有照應。今預從子興口中說出。實雖寫而卻未寫。觀其後文可知。此一回則是虛敷旁擊之文。則是反逆隱曲之筆。

一局輸嬴料不真。香銷茶盡尚逡巡。

欲知目下興衰兆。須問旁觀冷眼人。

却說封肅。因聽見公差傳喚。忙出来陪笑啟問。那些人。〔想雨村此際之佳穩〕嚷快請出甄爺来。封肅忙陪笑道。小人姓封。並不姓甄。只有當日小婿姓甄。今已出家一二年了。不知可是問他。

那些公人道我们也不知什麽真假因奉太爺之命来問既是你女婿便帶了你去親見太爺面禀省得亂跑說着不容封肅多言大家推擁他去了封家人個個驚慌不知何事那天約二更時只見封肅方回来（正應前回那一歸）歡天喜地衆人忙問端的他乃說道原来本府新陞太爺姓賈名化本湖州人氏曾與女婿舊日相交方纔在咱家门前過去

因見姣杏那丫頭買線。所以他只當女婿移住于此。我一一將原故回明。那太爺到傷感嘆息了一回。又問外孫女兒。我說看燈丟了。太爺說不妨我自使番役務必探訪回來。說了一回話。臨走送了我二両銀子。甄家娘子聽了。不免心中傷感。一宿無話。至次日早。雨村遣人（襍太爺了）送了兩封銀子四足緞子。答謝甄家娘子。又寄一封密書與

雨村二次謝英蓮皆欺人耳目得嬌杏後至宰職貴中堂世職及此何竟忽略由是觀之可見雨村心上只有嬌

封肅轉托他向甄家娘子要那嬌杏作二

若不見嬌杏雖未必想士隱若不

房封肅喜得屁滾尿流巴不得來奉承便

要了嬌杏未必以礼咨訪甄家娘子

在女兒前一力攛掇成了乘夜用一乘小

轎便把嬌杏送進去了雨村歡喜自不必

說乃封百金贈封肅外又謝甄家娘子許

好買賣

多物事令其好生養贍以待尋訪女兒下

落封肅回家無話卻說嬌杏這丫環便是

那年回顧雨村者因偶然回顧便弄出這

杏豈嬰士隱矣

段事來，亦是自己意料不到之奇、緣。誰想
他命運兩濟，不承望到雨村身邊只一年
便生了一子，又半載雨村的嫡妻忽染疾
下世，雨村便將他扶册作正室夫人、了。正
是

偶因一着錯，便為人上人。

原來雨村，因那年士隱贈銀之後，他于十
六日便起身入都，至大比之期，不料他十

分得意。已會了進士。選入外班。今已陞了
本府、知府。雖才幹優長。未免有些貪酷之
弊。且又恃才侮上。那些官員皆側目而視。
不上一年。被上司尋了一個空隙。做成一
本參他生性狡猾。擅纂禮儀。且沽清正之
名。而暗結虎狼之屬。致使地方多事不堪
等語。　龍顏大怒。即革職。該、部文書一到。
本府官員無不喜悅。那雨。村。心。中雖十。分。

真奸雄
如

亦有一段
豪氣

慚恨，卻面上全無一點怨色，仍是嬉笑自
若，交代過公事，將歷年做官積的些資本
並家小人屬送至原籍，安頓妥協，卻是自
己擔風袖月，遊覽天下勝跡。那日偶遊至
維揚地面，因聞得今年鹽政點的是林如
海。這林如海姓林名海，表字如海，乃是前
科的探花，今已陞至蘭臺寺大夫，本貫姑
蘇人氏，今欽點出為巡　史，到任方一

月餘。原来這林如海之祖。曾襲過列侯。今
到如海。業经五世。起初時只封襲三世。因
當今隆恩盛德。遠邁前代。額外加恩。至如
海之父。又襲了一代。至如海便從科第出
身。雖係鐘鼎之家。却亦是書香之族。只可
惜這林家支庶不盛。子孫有限。雖有幾門。
却與如海俱是堂族而已。沒甚親近、嫡派。
今如海年已四十。只有一個三歲之子。偏

子去歲死了。雖有幾房姬妾。奈命中無子。亦無可如何之事。今只有嫡妻賈氏。生得一女。名黛玉。年方五歲。夫妻無子。故愛女如珍。且又見他聰明清秀。便也使他讀書識得幾個字。不過假充養子之意。聊解膝下荒涼之嘆。雨村正值偶感風寒。病在旅店。將有一月光景。方漸愈。一因身體勞倦。二因盤費不繼。也正欲尋個合式之處。暫

且歇下○幸而兩個舊友○亦在此境住居○因
聞得鹺政欲聘一西賓○雨村便相託友力○
謀了○（妙在謀了二字上）進去○且作安身之計○妙在只一個女
學生○兩個伴讀丫鬟○這女學生年又極小○
身體又極怯弱○工課不限多寡○故十分省
力○堪堪又是一載的光景○誰知女學生之
母○賈氏夫人一疾而終○女學生侍湯奉藥○
守喪盡哀○遂又將他留下○只因女學生哀痛

過傷體自怯弱。多病的。觸犯舊症。遂連日不曾上學。兩村閒居無聊。每當風日晴和。飯後便出來閒步。這日偶至廓外。意欲賞鑑那村夜[野]風光。忽信步至一山環水旋。茂林深竹之處。隱々有座廟宇。门巷傾頹。墻垣朽敗。门有匾額。題著智通寺三字。门傍又有一付舊破對聯云。

身後有餘忘縮手。 眼前無路想回頭。

雨村看了。因想道這兩句話。文雖淺近。其意則深。也曾遊過些名山大刹。到不曾見過這話頭。其中想必有個翻過觔斗来的。也未可知。何不進去試試。想着走入看時。只有一個聾腫老僧。那裡煮粥。雨村見了。便不在意。及至問他兩句話。那老僧既聾且昏。齒落舌鈍。所答非所問。雨村不耐煩。便仍出来。意欲到那邊村肆中沽飲三杯。

以助野趣。於是款步行来，則入肆门。只見座上吃酒之客，有一人起身大笑，接了出来，口内說奇遇奇遇。雨村忙看時，此人是都中古董行中貿易的號冷子興，舊日在都中相識，雨村最讚只冷子興是個有作為大本領的人，這子興又借雨村斯文之名，故二人說話投機，最相契合。雨村忙亦笑问：老兄何日到此，弟竟不知，今日偶遇真奇緣也。子興道：去年歲底到家，目今還要入都。從此順路找了敝友說句話。承他之情，留我多住兩日。我也無甚緊事，且盤桓兩日，待月半時，也就起身了。今日敝友有事，我因閒走至此，且歇歇腳，不期這樣巧遇。一面說，一面讓雨村同席坐了，另整上酒餚來。二人閒談慢飲，敘些別後之事。雨村因問：近日都中可有新文沒有？子興道

到無有什庅新文。到是老先生。你貴同宗
家出了一件小小的異事。雨村笑道弟族
中無人在都中。何談及此。子興笑道。你們同
姓實非同宗一族。雨村問是誰家。子興道
榮國府賈府中可不玷辱了先生門楣了。
此句出諸子興口中
雨村笑道。原來是他家。若論起來寒族人
丁卻不少。自東漢賈復以來支派繁盛各
此話却出諸雨
省皆有。誰能逐細考察。若論榮國一支卻

是同譜。但他那等榮耀，我們不便去攀扯，英雄欺人
至今故越發生踈難認了。子興嘆道：老先
生休如此説。如今的榮寧兩门也都蕭踈
了。不比先時的光景。雨村道：當日寧榮兩
门的人口也極多，如何就蕭踈了？冷子興
道：正是，説来也話長。雨村道：去歲我到金
陵地界，因遊六朝遺跡，那日進了石頭城，
從他老宅门前經過，街東是寧国府，街西

是榮国府。二宅相連。竟將大半條街占了。
大门前雖然冷落無人。隔着圍墙一望。裡
面廳殿樓閣。也還都峥嶸軒峻。就是後一
帶花園子裡。樹木山石。也都還有蓊蔚洇
潤之氣。那里像個衰敗之家。子興笑道。虧
（達人語）
你是進士出身。原来不通。古人云。百足之
蟲。死而不僵。如今雖說不似先年那樣興
盛。較之平常仕宦之家。到底氣象不同。如

今生齒日繁。事務日盛。主僕上下。安富尊榮者。儘多。運籌謀畫者無一。其日用排場費用。又不能將就省儉。如今外面的架子雖未倒。內囊却也盡上來了。這還是小事。更有件大事。誰知鐘鳴鼎食之家。翰墨詩書之族。如今的兒孫。竟是一代不如一代了。雨村聽說也罕道。這樣詩禮人家。豈有不善教育之理。別門不知。只說道榮寧兩府。

是最教子有方的。子興嘆道。正說的是這
兩门呢。待我告訴你。當日寧國公與榮國
公。是一母同胞兩個弟兄。寧公居長。生了
四個兒子。寧公死後。長子賈代化。襲了官。
也生了兩個兒子。長名賈敷。至八九歲上
便死了。只剩下次子賈敬。襲了官。如今一
味好道。只愛燒丹煉藥。餘者一概不在心
上。幸而早年生下一子。名喚賈珍。因他父

親一心想作神仙○把官到讓他襲了○他父親又不肯回原籍来○只在都中城外○和道士们胡羼○這位珍也爺到生了一個兒子○今年纔十六歲○名喚賈蓉○如今敬老爺一概不管○這珍爺那里肯讀書○只一味高樂罷了○把寧國府竟翻了過来○也沒有人敢来管他○再說榮府你聽○方纔所說異事○就出在這里○自榮公死後○長子代善襲了官○

取的是金陵世勳。史侯家的小姐為妻。生
了兩個兒子。長子名賈赦。次名賈政。如今
代善早已去世。太夫人尚在。長子賈赦襲
着官。次子賈政自幼好喜讀書。祖父最疼。
原要以科甲出身的。不料代善臨終時遺
本一上。　皇上因恤先臣。即時令長子襲
官。外問還有幾子。立刻引見。遂額外賜了
這政老爺一個主事之銜。令他入部學習。

如今現已陞了員外郎了。這政老爺夫人
王氏。頭胎生的公子名喚賈珠。十四歲進
學。不到二十歲。就娶了妻。生了一子。（賈珠因）病死
了。第二胎生了一位小姐。生在大年初一
日。這就奇了。不想次年。又生了一位公子。
說来更奇。一落胎胞。嘴里便啣下一塊五
彩晶瑩的美玉来。上面還有許多字跡。就
取名叫作寶玉。你道是新奇異事不是。雨

此回自子興口中已將政玉父子并其性情徵露則下文如不至有手足之相錯之弊矣

村笑道果然奇異只怕這人來歷不小子興冷笑道萬人皆如此説因而乃祖母便先愛如珍寶那年週歲時政老爺便要試他將來的志向便將那世上所有之物擺了無數與他抓取誰知他一概不取伸手只把些脂粉釵環抓來政老爺便大怒了説將來酒色之徒耳因此大便不喜悦獨那史老爺君是命根一樣説來又奇如

今長了七八歲。雖然淘氣異常。但其聰明
乖覺處。百個不及他一個。說起孩子話来
也奇怪。他說女兒是水作的骨肉。男人是
泥作的骨肉。我見了女兒我便清爽。見了
男子。便覺濁臭。逼人。你到好笑不好笑。將
来色鬼無疑了。雨村罕然厲色忙止道。非
也。可惜你們不知道這人来歷。大約政老爺
前輩。也。錯以淫魔色鬼看待了。若非多讀

書識字。加以致知格物之功。悟道參玄之
力者不能知也。子興見他說得這樣重大。
非請教其端的。雨村道天地生人。除大仁
大德（惡）兩種。餘者皆無大異。若大仁者。則應
運而生。大惡者應劫而生。運生世治。劫生
世危。堯舜禹湯文武周。孔孟董韓周程張
朱。皆應運而生者。蚩尤共工。桀紂始皇。王
莽曹操桓溫安祿山秦檜等。皆應劫而生

從高下二層自大仁大惡分出一等平常人從平常更智中又分出一等有知覺為的說來理足語圓正与林玉等乖僻性情相合妙々

者大仁者修治天下大惡者擾乱天下清明靈秀天地之正氣仁者之所秉也殘忍乖僻天地之邪氣惡者之所秉也今當運隆祚永之朝太平無為之世清明靈秀之氣所秉者上至朝廷下至草野比々皆是所餘之秀氣漫無所歸遂為和風洽然溉及四海彼殘忍乖僻之氣不能蕩溢于光天化日之中遂凝結充塞于深溝大壑之

可知雨村才高處其杖致悮危功夫深不

内。偶因風蕩，忽被雲摧，略有搖動感發之意，一絲半縷悮而洩出者，偶值靈秀之氣適過，正不容邪，邪復邪正，兩不相下，亦如風水雷電，地中既遇，既不能消，又不能讓，必致搏擊掀發後始盡。故其氣亦必賦人，發洩一盡始散。使男女偶秉此氣而生者，上則不能成仁人君子，下亦不能為大凶大惡。置之于萬萬人之中，其聰俊靈秀之氣

同假取也

則在萬〻人之上其乖僻邪謬不近人情之
態又在萬〻人之下若生於公侯富貴之
家則為情癡情種若生於詩書清貧之族
則為逸士高人縱再偶生於薄祚寒門斷
不能為走卒健僕甘遭庸人驅制駕馭必
為奇優名倡如前代之許由陶潛阮籍嵇
康劉伶王謝二族顧虎頭陳後主唐明皇
宋徽宗劉庭芝溫飛卿米南宮石曼卿柳

公侯而成寇字
飛上加賊而敗
字飛下是又
以雨村前篇
方妙

者卿。秦少游。近日之倪雲林。唐伯虎。祝枝
山。再如李龜年。黄旛綽。敬新磨。卓文君。紅
拂。薛濤。崔鶯。朝雲之流。此皆易地則同之
人也。子興道。依你説。成則飛又公侯。敗則賊了。
雨村道。正是這意。你還不知我自革職以
來。這兩年遍遊各省。也曾遇見兩個異樣
孩子。所以我方才你一説寶玉。我就猜着
了八九。亦是這一派人物。不用遠説只金 八二

陵城内。欽差金陵省。体仁院総裁甄家。你
可知麽。子。興道誰人不知。這甄府和賈府
就是老親。又係世交。兩家来往極其親熱、
的。便在下也和他家来往。非止一日了。雨
村笑道。去歲我在金陵城。也曽有人薦我到
甄府處館。我進去看其光景。誰知他家那
等顯貴。却是個富而好禮之家。到是個難
淂之館。但只一個學生。雖是啓蒙。却比一

個舉業的學生还勞神。說起来更可笑。他
說必得兩個女兒伴着我讀書。我方能認
得字。心裡也明白。不然我心糊塗。又常對
跟他的小廝们。說這女兒兩個字。極尊貴
極清淨的。比那阿弥陀佛。元始天尊的兩
個寶號。還更尊榮無對的呢。你们這等濁
口臭舌。万不可唐突了这兩個字。要緊。但
凡要說時。必須先用清水香茶漱了口。纔

可説。若失錯便要鑿牙穿腮等事。其暴虐浮躁。頑劣憨痴。種〻異常。只一放了學。進去見了那些女兒們。其温厚和平。聰敏文雅。又變了一個。因此他令尊也曾下死的笞楚幾次。無奈竟不能改悔。打的吃疼不過時。他便姐〻妹〻的乱叫起來。後來聽得里面女兒們拿他取笑。説因何打急了只管喚姐妹作甚。莫不是和姐妹去討饒。你豈不愧么他回的最好妙他說急疼之時想呌姐々妹々字樣或可解疼也未可知因呌了一聲便果覺不疼了遂得了秘法每疼痛之極便呌姊姊妹妹起來了你說可笑不可笑也因祖母溺愛不明每因孫辱師責子因此我就辭了館如今在巡鹽林家坐館了你說这等子弟必不能守祖父之根基從師之規諫的只可惜他家幾個好

姊妹都是少有的子興道便是賈府中現
在三個亦都不錯政老爺之長女名元春
現因才德賢孝選入宮中作方史去了二
小姐乃赦老爺之妻所生名迎春三小姐
乃政老爺之庶出名探春四小姐乃寧府
珍爺之胞妹名喚惜春因史老太夫人極
愛孫女都跟在祖母這邊一處讀書聽得
個〻不錯雨村道更妙在甄家的風俗女

兒之名亦皆從男子之名命字。不似別家。另外用這些春紅香玉等艷字的。何得賈府亦落此俗套。子興道。不然。只因現今大小姐是正月初一日所生。故名元春。餘者方從春字。上一輩的。却也是從弟兄而來的。現有對証。目今你東家林公之夫人。即榮府中赦政二公之胞妹。在家時名喚賈敏。不信時你回去細訪可知。雨村拍案笑道。

怪道這女學生讀至書中有敏字皆念作密字每每如是寫字若敏字又減一二筆我心就有些疑惑今聽你說是為此無疑矣怪道這女學生言語舉止另是一樣不與近日女子相同度是其母必不凡方得其女今知為榮府之外孫又不足罕矣可傷上月竟亡故了子興嘆道老姊妹四個這一個是極小的又沒了長一輩的姊妹一

個也沒了。只看這小一輩的將來之東床如何呢。雨村道正是方才說政公已有了一個啣玉之兒。又有長男所遺一個弱孫。這赦老爺竟無一個不成。子興道政公既有玉兒之後。其妾後又生了一個。到不知好歹。只眼前現有二子一孫。卻不知將來如何。若問那赦公也有二子。長子名賈璉。今已二十來往了。親上作親。娶的就是政

老爺的夫人王氏之内姪女今已娶了二
年這位璉爺身上現捐的是個同知也是
不喜讀書于世路好機變言談去的所以
如今只在乃叔家住着幫着料理些家務
誰知自娶了他令夫人之後到上下無一
人不稱頌他夫人的璉爺到退了一射之地
説模樣又極標致言談又爽利心機又極
深细竟是男人萬不及一的雨村聽了笑

道。可知我前言不謬。你我方才所說的這
幾個人。都只。怕是。那正。邪兩。賦而。來。一路
之。人。未。可知也。子興道邪也罷。正也罷。只
顧羨別人家賬。你也吃一杯酒才好。雨村
道正是。只顧說話竟多吃了幾杯。子興笑
道說著別人家的閒話。正好下酒。即多吃
幾杯何妨。雨村向窗外看道。天也晚了。仔
細關外城門。慢〻進城再談。未爲不可。于

九二

是二人起身。筭還了酒賬。方欲走時。又聽得後面有人呌道。雨村兄恭喜了。特来報個喜信。雨村忙回頭看時。要知是何人且聽下回分解

石頭記第三回

託内兄如海酬訓教
接外孫賈母惜孤女

却説雨村忙回頭看時。不是别人。乃是當日同僚。一案參革的張如圭者。他本係此地人。革後家居。今打聽得都中奏准起復舊員之信。便四下里尋情找门路。忽遇見雨村。故忙道喜。二人見了禮。張如圭便将

此信告訴雨村。雨村自是歡喜。忙忙的敘
了兩句。遂作別各自回家。冷子興聽得此
言。便忙獻計。令雨村央煩林如海。轉向都
中去央煩賈政。雨村領其意。作別回至館
中。尋邸報看真確了。次日面謀之如海。如
海道天緣湊巧。因賤荊去世。都中家岳母
念及小女。無人依傍教育。前已遣了男女
船隻來接。小女因未大痊。故未及行。此刻

正思向蒙訓教之恩，未經酬報，遇此機會，豈有不盡心圖報之禮。但請放心，弟已預爲籌畫及此，已修下薦書一封，轉託陶兄務爲週全協佐，方可稍盡弟之鄙誠，已有所費用之例，第於陶兄家信內已註明白，尤不勞尊兄多慮矣。兩村一面打恭謝不釋口，又問：不知令親大人現寓〔居〕何職？只怕晚生草率不敢驟然入都干瀆。〔好阿可謂細心〕如海笑道：

（如海言語頗使正是雅俗心推人但不能為之故所問兄雅所答）

若論舍親與尊兄猶係同譜。乃榮公之孫。大內兄現襲一等將軍之職。名赦字恩侯。二內兄名政字存周。現任工部員外郎。其為人謙恭厚道。有祖父遺風。非膏粱輕薄仕宦。故弟方致書煩託。否則不但有污尊兄之清操。即弟亦不屑為矣。雨村聽了心下方信了昨日子興之言。于是又謝了林海。如海乃說已擇了出月初二日。小女入

在如海一喙緣悅而雨村卸了俯ヽ聽命的也

都尊兄即同路而往。豈不兩便。雨村唯ヽ
聽命。卑職時既嬉笑自安。此時又何足得意。可知英雄心中十分得意。如海遂打點禮物并
欺人之言。自欺耳。餞行之事。雨村一ヽ領了。那女學生黛玉
身体方愈。原不忍棄父而往。無奈他外祖
母致意務必要他去。且兼如海說汝父年
將半百。再無續室之意。且汝多病。年又極
小。上無親母教養。下無姊妹兄弟扶持。今
依傍外祖母及舅氏姊妹去。正好减我顧

情節可觀

聯。之。憂。何如。云。不往。黛玉聽了。方洒淚拜別。隨了奶娘及榮府中幾個老婦人。登舟而去。雨村另有一隻船。帶兩個小童。依附黛玉而行。有日到了都中。進入神京。雨村先整了衣冠。帶了小童。拿了宗姪的名帖。至榮府的門前。投了。彼時賈政已看了妹丈之書。即忙請入。相見。雨村像貌魁偉。言談不俗。且這賈政最喜讀書人。禮賢下士。極弱濟危。大有祖風。況又係妹丈致意。因此優待雨村。更又不同。便竭力內中協助。題奏之日。輕〻謀了個復職候缺。不上兩個月。金陵應天府缺出。便謀補了此缺。拜辭了賈政。擇日到任去了。不在話下。且說黛玉自那日棄舟登岸時。便有榮國府打發轎子。並拉行李的車輛久候了。這林黛玉常聽得母親說過。他外祖母家與別人家不同。

寧榮二府陳設忠此姐用思甚字最妙

他逛日所見的這幾個三等的僕婦吃穿用度已是不凡了何况今至其家因此步步留心時時在意不肯輕易多說一句話多行一步路生恐被人恥笑了他去自上了轎進入城中從紗窗向往外瞧了一瞧其街市之繁華人烟之阜盛自与別處不同又行了半日忽見街北蹲着兩個大石獅子三間獸頭大門門前列坐着十來個

一〇二

華冠麗服之人。正门却不開，只有兩角门有人出入。正门之上有一匾，匾上大書勅建寧國府五個字。黛玉想道：這是外祖之長房了。想道：又往西行不多遠，照樣也是三間大门，方是榮國府也。却不進正门，只進了西邊角门。那轎夫抬進去，走了一射之地，將轉灣時，便歇下退出去了。後面的婆子們已都下了轎，趕上前來。另換了四個衣

榮寧二府鋪敘自此始

清無之評名

帽週全十七八歲的小厮上來復抬起轎子衆婆子步下圍隨至一垂花門前落下衆小厮退出去衆婆子上來打起轎簾扶黛玉下轎林黛玉扶着婆子手進了垂花门見兩邊是超手游廊當中是穿堂當地放着一個紫檀架子大理石的插屏轉過插屏小〻三間廳〻後就是後面的正房大院正面五間大房皆是雕樑畫棟兩邊

正寫賈母自己口中隨出呼喚筆法爽健靈活之至

穿山游廊厢。房掛着各色鸚鵡畫眉等鸟雀。台磯之上坐着几個穿红着绿了頭。一見他们来了。便忙都笑迎上来。説纔刚老太太。還念。唱。呢。可巧。就来了。于是三四個争着打起簾籠。一面聽得人回話。説林姑娘来了。黛玉方進入房时。只見两個人搀着一位鬢髮如霜的老母。迎上来。黛玉便知是他外祖母了。方欲拜見时。早被他外

祖母一把摟入懷中心肝兒肉叫着大哭

好情節

起来當時地下侍立之人無不掩面涕泣黛玉也哭個不住一時衆人慢慢的解勸住了黛玉方拜見了外祖母此即冷子興所云之史氏太君賈赦賈政之母當下賈

赦政新出

母一一的指與黛玉這是你大舅母這是你二舅母這是你先珠大哥的媳婦珠大嫂黛玉一一的拜見過了賈母又説請姑

邢王夫人及李紈出在賈母口中

娘们来々日远客纔来可以不必上學去
了。衆人荅應了一聲便去了兩個。不一時
只見三個奶嬤々並五六個丫環擁擁三
個姊妹来了。第一個肌膚微豐合中身材
腮凝新荔鼻膩鵞脂溫柔沉默觀之可親
第二個削肩細腰長挑身材鴨蛋臉面俊眼
修眉顧盼神飛文彩精華見之忘俗第三
個身未長足形容尚小其釵環裙襖三人

寫迎探二人容貌而兩人性情已在言表

不以容貌說竟寫惜春

亦自有深意也

迎探惜黛

互相廝認

皆是一樣的粧飾黛玉忙起身迎上來見
禮互相廝認過大家歸坐了環們斟上茶
來不過說些黛玉之母如何得病如何請
醫服藥如何送死發喪不免賈母又傷感
起來因說我這些兒女所疼者偏有你母
親一人今日一旦先捨我而去連面也不
能見今見了你我怎不傷心說着摟了黛
玉在懷又嗚咽起來衆人忙都寬慰解釋

在眾人目中
只是淡淡寫
黛玉條皆畫
在寶玉眼中一
方是

方畧畧止住。眾人見黛玉年貌雖小。其舉
止言談不俗。身體面龐雖怯弱不勝。却有
一段自然風流態度。便知他有不足之症。
因問常服何藥。如何不急為療治。黛（微歎）玉笑
（純了）道。我自來是如此。從會吃飲食時。便吃藥。
到今未斷。請了多少名醫。修方配藥。皆不
見效。那一年我纔三歲時。聽得說來了一
個癩頭和尚。說要化我去出家。我父母固

是不從。他又說即捨不得。只怕他的病一生也不能好的。若要好時。除非從此以後。總不許見哭聲。除父母之外。凡有外姓親友。一概不見。方可平安了。此一世瘋瘋顛顛。說這些不經之談。也沒人理他。如今還是吃人參養榮丸。賈母道。這正好。我這里正配丸藥呢。叫他們多配一料就是了。一語未了。只聽後院中有人笑聲。說我來遲了。不

人尚未見人而突然出聲

此筆得有理

曾迎接遠客黛玉納罕道這些人個〻皆斂聲屏氣恭肅嚴整如此這來的係何人這樣放誕無禮心下想時只見一羣媳婦丫環圍擁着一個人從後門進來這個人打扮與衆姑娘不同彩繡輝煌恍若神妃仙子頭上代着金絲八寶攢珠髻綰着朝陽五鳳掛珠釵項上代着赤金盤螭瓔珞圈裙邊繫着豆綠宮縧雙衡比目玫瑰珮

半篇美人
賦妙之
可見使箋

身上穿着縷金百蝶穿花大紅洋緞窄褙
襖外罩五彩刻絲石青銀鼠褂下着翡翠
撒花洋縐裙一雙丹鳳三角眼兩灣柳葉（貌之鬟之極）
掉梢眉身材窈窕體格風騷粉面含春威（精神流露子動上）
（中性精隱顯手言語之外以聲寫之以色）
不露丹唇未啓笑先聞黛玉連忙起身接
（寫神先一不寫形）
見賈母笑道你不認得他是我們這里有
名的一個潑皮破落戶兒南省俗謂作辣
子你只叫他鳳辣子就是了黛玉正不知

可見眾姊妹皆不憂而畏之也　璉賈璉出自黛玉之母口中奇文

以何稱呼。只見眾姊妹都忙告訴道。這是璉嫂子。黛玉雖不識。也曾見母親說過。大舅之賈赦之子賈璉。他娶的就是二舅母王氏之內姪女。自幼假充男兒教養的學名王熙鳳。黛玉忙陪笑見禮。以嫂呼之。這熙鳳攜著黛玉手。上下細細打量了一回。便仍送至賈母身邊坐下。因笑道。天下真有這樣標緻人物。我今兒纔算見了。況且這通身的氣派竟不像老祖宗的外孫女兒竟是個嫡親的孫女怨不得老祖宗天天口頭心頭一時不忘只可憐我妹妹這樣命苦怎麽姑媽偏就去世了說着便用手帕拭淚賈母笑道我纔好了你又來招我況你妹妹遠路纔來身子又弱纔勸住了你快再休提前話這熙鳳聽了忙轉悲為喜道正是呢我一見了妹妹一心都在

熙鳳在賈母面前大言大家更作出一段悲戚形狀那王李二氏姊妹何來寄女是精神意人家實不並歡

他身上了。又是歡喜又是傷心，竟忘了老祖宗。該打該打。又忙携黛玉之手，問妹妹幾歲了，可也上學，現吃什麽藥，在這里不要想家，想什麽吃的什麽頑的只管告訴我，丫頭老婆們不好了也只管告訴我。一面又問婆子們：林姑娘的行李東西可搬進來了？帶了幾個人來？你們趕早打掃兩間下房，讓他們去歇歇。說話間已擺茶菓上

黛玉到榮府衣久衆人未嘗想到諸事獨熙鳳一人要承想不到的地方可見心細而綠道亦衣可觀

來熙鳳就為捧茶捧菓又見二舅母問他
月錢放完了不曾熙鳳道月錢也放完了
剛纔帶着人到酒樓上找緞子找了這半
日也沒有見昨日太ゝ說的那樣想是太
ゝ記錯了王夫人道沒有什麼要緊又說
道該隨手拿出兩個來給你這妹ゝ去裁
衣裳的等晚上想着叫人再去拿罷可別
忘了熙鳳道這到是我先料着了知道

賊耶 鬼耶

姊姊不過這兩日到的我已預備下了等
太太回去過了目好送來王夫人一笑點
頭不語當下茶菓已撤賈母令兩個老嬤
嬤帶了黛玉去見兩個母舅時賈赦之妻
邢氏忙亦起身笑回道我帶了外甥女過
去到也便宜賈母笑道正是呢你也去罷
不必過來了邢夫人答應了個是字遂帶
了黛玉與王夫人作辭大家送至穿堂前

出了垂花门，早有众小厮们拉过一辆翠幄青䌷车来，夫人携了黛玉坐上，众婆子们放下车帘，方命小厮们抬起，至宽处驾上驯骡，亦出了西角门，往东过荣府正门，便入一黑油大门中，至仪门前方下来。众小厮退出，方打起车帘，邢夫人挽了黛玉的手，进入院中。黛玉度其房屋院宇，必是荣府中之花园隔断过来的。进入三层仪

一段說詞人情細致天理所不容免之處而彼以病推脫是諉言人之不端

門。果見正房廂廡游廊悉皆小巧別致。不似方纔那邊的軒峻壯麗。且院中隨處有樹木山石。再一時進入正室。早有許多盛粧麗服之姬妾丫環迎着。邢夫人讓黛玉坐了。一面命人到外面書房中請賈赦。一時人來回話。說老爺說了。連日身上不好。見了姑娘彼此傷心。暫且不忍相見。勸姑娘不要傷心想家。跟着老太太和舅母。就

前逆鳳之一味懷嫌故能入耳而甘此數語之院完言故作人入骨之辭

家（同）里一樣姊妹們雖拙大家一處伴着亦可以解些煩悶或有委曲之處只管説淂不要外道纔是黛玉忙站起來一一聽了再坐一刻便（要）告辭邢夫人苦留吃過晚飯（再）去黛玉笑道舅母愛恤賜飯原不應辭只是還要過去拜見二舅舅恐賜飯領去就不恭了異日再領亦未為不可望舅母容量邢夫人聽説笑道這到是了遂命二三

誠圖心細見去是聰明宮非邢夫人所能其為知處

個嬤嬤。用方纔的車好生送了過去。于是
黛玉告辭。邢夫人送至儀門前。又囑咐了
眾人几句。眼看着黛玉上車去了方回來。一
時黛玉入榮府下了車。眾嬤嬤引着便往
東轉彎穿過一個東西的穿堂。向南大廳
之後儀門內大院。上面五間大正房。兩
邊廂房鹿頂耳房鑽山。四通八達。軒昂壯
麗。比賈母處不同。黛玉便知這方是正緊

有室無年

正室廳堂当陈设

正内室一條大甬路直接出大門進入堂屋抬頭迎面先看見一個赤金九龍青地大匾上寫着斗大的三字個是榮禧堂後有一行小字寫着某年月日書賜榮國賈源又有萬幾宸翰之寶大紫檀雕螭案上設着三尺來高青綠古銅鼎懸着待漏隨朝墨龍大畫一邊是金蜼彝一邊是玻璃盒地下兩溜十六張楠木椅又有一付對

此是外房陳設

聯。乃烏聯牌廂著鏨銀的字跡道是。

坐上珠璣昭日月。堂前黼黻煥烟霞。

下面一行小字道是。同鄉世教弟勳襲。東安郡王穆蒔拜手書。原來王夫人時常居坐宴息。亦不在這正室。只在這正室東邊的三間耳房內。于是老嬤嬤引黛玉進東房門來。臨窗大炕上。猩紅洋毯。上面設著大紅金錢蟒靠背。石青金錢蟒引枕。秋香色

總一筆已見之不殺意

金錢蟒大條褥。兩邊設一對梅花式洋漆小几。左邊几上文王鼎匙箸香盒。右邊几上汝窰美人觚。內插着時鮮花卉。並茗碗唾壺等物。地下面西一溜四張椅上。都搭着銀紅撒花椅搭。底下四付脚踏。椅之兩邊。也有一對高几。几上茗碗瓶花俱備。其餘陳設自不必細說。老嬷嬷們讓黛玉炕上坐。炕沿上却也有兩個錦褥對設。黛玉度其坐次便不上炕。只向東邊椅上坐了。本房内的丫環們忙捧上茶來。黛玉一面吃茶。一面打量這些丫環們粧飾的衣裙。舉止行動。亦與別家不同。茶未吃了。只見一個穿紅綾袄。青緞掐牙背心的丫環走來。笑說道太太說請姑娘到那邊屋里坐罷。老嬷嬷聽了。于是又引黛玉出來。到了東廊三間小正房内。正面炕上横設一張

炕桌。桌上磊着書籍、茶具。靠東壁面西設
着半舊的青緞靠背、引枕。王夫人却坐在
西邊下首。亦是半舊青緞靠背、坐褥。見黛
玉來了。便往東讓。黛玉心中料定這是賈
政之位。因見挨炕一溜三張椅子。上也搭
着半旧的彈墨椅袱。黛玉便向椅上坐了。
王夫人再四携他上炕。他方挨王夫人坐
了。王夫人因說你舅〻今日齋戒去了。再

出寶玉，妙在最是王夫人与黛玉二人口中出

見罷，只是有一句話囑咐你：你三個姐妹到都極好，以後一處念書認字學針線，或是偶尔頑笑，都有儘讓的。但我不放心的是一件：我有一個孽根禍胎，是這家里的混世魔王，今日因廟里還愿去了，尚未回来，晚間你看見便知了。你只以後不要睬他，你這些姐妹都不敢沾惹他的。黛玉亦常聽得母親說過，二旧母生的有個表兄，

乃啣玉而誕頑劣異常極惡讀書最喜在內幃廝混外祖母又極溺愛無人敢管今見王夫人如此說便知說的是這表兄了

黛玉心中早有一個寶玉了

因陪笑道舅母說的可是啣玉所生的這位哥哥在家時亦曾聽見母親常說這位

誰問你合他歲數來

哥哥比我大一歲小名就叫寶玉雖極憨頑說在姊妹情中極好的況我來了自然只和姊妹們同處兄弟們俱是別院另室

襯則錯也

亂臣賊子必得寵而後不才之事生矣蓋一日之寵寔

的。豈有沾惹之理。王夫人笑道。你不知道。原故。他與別人不同。自幼因老太太疼愛。原係同姊妹們一處嬌養慣了的。若姊妹們一日不理他。他倒還安靜些。縱然他沒趣。不過出了二門。背地裏拿着他的兩三個小么兒出氣。咕唧一会子就完了。若這一日姊妹們和他多說一句話。他心裏一樂。便生出多少事來。所以囑咐你別採

先以助半生之害為子女者如父母之訪

他〃嘴里一时甜言蜜語一时有天無日

一时又瘋〃傻〃只休信他黛玉一〃的

去其病而後罵

都答應着只見一個丫環來回話說老太

太那里傳晚飯了王夫人忙携了黛玉從

後房门由後廊往西出了角门是一條南

北寬夾道南邊是倒坐三間小〃抱廈廳

北邊立着一個粉油大影壁後有一半大

门小〃一所房室王夫人笑指向黛玉道

這是你鳳姐〻的屋子。回來你好往這裡來找他。少什麽東西只管和他說就是了。這院門上也有四五個纔總角小的廝。都垂首侍立。王夫人遂攜黛玉穿過一個東西穿堂。便是賈母的後院了。于是進入後房門。已有多少人在此伺候。見王夫人來了。方安設桌椅。賈珠之妻李氏捧飯。熙鳳安筯。王夫人進羹。賈母正面榻上獨坐。兩傍四張空椅。熙鳳忙拉了黛玉。在左邊第一張椅子上坐了。黛玉十分推讓。賈母笑道你舅母和你嫂子們不在這里吃飯。你是客。原應如此坐的。黛玉方告了坐坐了。賈母命王夫人坐了。迎春姊妹三個告了坐。迎春便坐了右邊第一。探春左邊第二。惜春右边第二。傍边丫鬟們执着拂塵漱盂巾帕等物。李、鳳二人立于案傍佈讓。外

[illegible]

間伺候之媳婦丫環。雖多却連一聲咳嗽
不聞。寂然飯畢。各有丫環。用小茶盤捧上
茶來。當日林如海教女以惜福養身。云。飯
後務待飯粒嚥盡。過一時再吃茶。方不傷
脾胃。今黛玉見了這里許多事情不合家
中之式。不得不隨的。少不得一一改過來。
因而接了茶。早見人又捧過漱盂來。黛玉
也照樣漱了口。盥手畢。又捧上茶來。

這方是吃的茶。賈母便說你們去罷。讓我們自在說話兒。王夫人听了忙起身又說了几句閒話。引李鳳二人去了。賈母因問黛玉念何書。黛玉道只剛念了四書。黛玉又問姊妹們讀何書。賈母道讀的是什庅書。不過是認得几個字。不是睜眼的瞎子罷了。一語未了。聽院外一陣脚步响。丫環進來笑道。寶玉来了。黛玉心中正疑惑着。

這個寶玉怎生個憊懶人物懵懂頑童到
不見那蠢物也罷了心下正想着忽見了
環話未報完已進來了一個年輕公子頭
上代着束髮嵌寶紫金冠齊眉勒着二龍
搶珠金抹額穿一件二色金百蝶穿花大
紅箭袖袍束着五彩絲攢花結長穗宮縧
外罩石青起花八團倭緞排穗掛金穿着
蹬青緞粉底小朝靴面若中秋之月色如

美中有一段癡莊

林宝本係前緣故眼熟其事若奇而在書只其正文如

春曉之花鬢若刀裁眉如墨畫臉若桃瓣睛若秋波雖怒時而若笑即嗔时而有情項上金螭瓔珞又有一根五色絲絛繫着一塊美玉黛玉一見便吃一大驚心下想道好生奇怪倒像在那里見過的一般何等眼熟到如此只見這寶玉向賈母請了安賈母便命去見你娘来寶玉即轉身去了一時回來再看已換了冠帶頭上週圍

兩寫寶玉方知寫迎探照風陶之隱微妙極矣

一轉的短髮都結成了小辮紅絲結束共攢至頂中胎髮總編成一根大辮黑亮如漆從頂至稍一串四顆大珠用金八寶墜角身上穿着銀紅撒花半舊大襖仍代着項圈寶玉寄名鎖護身符等物下面半露松花綠撒花綾褲錦邊彈墨襪厚底大紅鞋越顯得面如敷粉唇若施脂轉盼多情言語常笑天然一段風騷全在眉稍平

生。萬種情思。悉堆眼角。看其外貌。最是極好。却難知其底細。後人有西江月詞批這寶玉極恰其詞曰

無故尋愁覓恨。有時似傻如狂。縱然生得好皮囊。腹内原来草莽。潦倒不通世務。愚頑怕讀文章。行動偏僻性乖張。那管世人誹謗。富貴不知樂業。貧窮難奈淒涼。可憐辜負好韶光。於國於家無望。

富貴不知樂業
業若貧窮
必不能處遣

從此定理也

天下無能第一，古今不肖無雙。寄言紈褲與膏粱，莫笑此兒形狀。

賈母因笑道：“外客未見就脫了衣裳，還不去見你妹〻。”寳玉早已看見多了一個姊妹，便料定是林姑母之女，忙來作揖廝見畢，歸坐細看形容，與衆各別：兩灣似蹙非蹙罥烟眉，一雙似泣非泣含露目。態生兩靨之愁，嬌襲一身之病。淚光点〻，嬌喘微

黛玉之在寶玉目中看出細膩來兩心方至

洛神賦云翩若驚鴻婉窈若遊龍若破此五段此又不惟而寬不為煙

微閒靜時如名花迎水行動時似弱柳扶風心較比干多一竅病如西子勝三分寶玉看罷因道（中○癡大○癡）這個妹妹我曾見過的賈母笑道可又是胡說你又何曾見過他寶玉笑道雖然未曾見過他然我看着面善心

天下人癡不解說到此而聽則之又何聽明至此也未

里就算是舊相識今日只（妥的是親）作遠別重逢未為不可賈母笑道更好更好若如此更相和睦了寶玉便走近黛玉身邊坐下又細細

打諒一番。因問妹〻可曾讀書。黛玉道不曾讀。只書上了一年學。些須認得几個字。寶玉又道妹〻尊名是那兩個字。黛玉便説了名。寶玉又問表字。黛玉説無字。寶玉笑道我送妹〻一個妙字。莫若顰〻二字。極妙。探春便問何出。寶玉道古今人物通考上説。四方有石名黛。可代畫眉之墨。説玉林妹〻眉尖若蹙。用取這兩個字。豈不妙。

探春笑道。只恐又是你的杜撰。寶玉笑道。除、四書、外。杜撰的甚多、偏只我是杜撰不成。又問黛玉可也有玉沒有。眾人不解其語。黛玉便忖度着。因他有玉。故問我有無。答道我沒有那個。想來那玉亦是一件神物。豈能人人得的。寶玉聽了。登時發作起癡狂病來。摘下就恨命摔去。罵道什麽罕物。連人之高底不擇。還說通靈不通靈呢。

雖是癡狂於、亦足以賣人

先以寶玉淚引黛玉淚

我也不要這勞什子了嚇的地下衆人一擁爭去拾玉賈母急的摟了寶玉道孽障你生氣要打罵人容易何苦摔那命根子寶玉滿眼淚痕道家里姐〻妹〻都没有单我有説没趣如今来了這庅一個神仙似的妹〻也没有可見這不是個好東西賈母忙哄他道你這妹〻原有這個来着因你姑媽去世時捨不得你妹〻無法可處

遂將他的玉帶了去了。一則全殉葬之禮。進你妹妹之孝心。二則你姑媽之靈。亦可權作見女兒之意。因此他只說沒有這個。不便自己誇張之意。你如今怎比得他。還不將生慎重帶上。仔細你娘知道了。說着便向了環手中接來。親与他代上。寶玉聽如此說。想了一想。竟有情理。也就不生別論了。當下奶娘來問黛玉之房舍。賈母便

老之謊竟圓全

說今將寶玉挪出來。同我在套間煖閣兒里。把你林姑娘暫且安置在碧紗廚裡。等過了殘冬。春天再與他們收拾房屋。另作一番安置罷。寶玉道好祖宗。我就在碧紗廚外的床上很妥當。何必又出來鬧的老祖宗不得安靜。賈母想了一想。說也罷了。每人一個奶娘。一個了環。照管。餘者皆在外间上夜。听喚。一面早有熙鳳命人送了一頂藕合色花帳。並幾件錦被緞褥之類。黛玉只帶了兩個人來。一個是自幼奶娘王嬤嬤。一個是十歲的小丫頭。亦是自幼隨身的。名喚雪鴈。賈母見雪鴈甚小。一團孩氣。王嬤嬤又極老。料黛玉皆不遂心。省力的。便將自己身邊一個二等丫頭。名喚鸚哥者。與了黛玉。外亦如迎春等例。每人除自幼奶母外。另有四個教引嬤嬤。除帖身掌管釵釧盥沐。兩個丫環。外另有五六個灑掃房屋來往使役的小丫頭。當下王嬤嬤與鸚哥陪侍黛玉。在碧紗廚內。寶玉之乳母李嬤嬤。並大丫頭名喚襲人者陪侍寶玉在外大床上。原來這襲人亦是賈母之婢。本名珍珠。賈母因溺愛寶玉。生恐寶玉之婢無竭力盡心之人。素喜襲人心地純良。克盡職任。遂与了寶玉。寶玉因他本姓

花又曾見舊人詩句有花氣襲人之句遂
回明賈母即更名襲人這襲人也有些痴
處伏侍賈母时心中眼中只有賈母今与
了寶玉心中眼中只有個寶玉只因寶玉
情性乖僻每每規諫寶玉不聽心中着實
的憂鬱是晚寶玉李嬤嬤都睡了他見裡
面黛玉和鸚哥猶未安歇他自卸了粧悄
悄的進来笑道姑娘怎還不安歇黛玉忙

笑讓說。姐〻請坐。襲人在炕沿上坐了。鸚哥笑道。林姑娘正在這里傷心。自己淌眼淚抹的。說總来了。就惹出你家哥兒狂病来。倘若摔壞了。那玉豈不是因我之過。因此便傷心起来。我好容易勸好了。襲人道姑娘快休如此。將来只怕比這個更奇怪的笑話兒還有呢。若為他這種行止。你多心傷感。只怕你傷感不了呢。別多心。黛玉

道姐〻们説的。我託着就是了。究竟不知
那玉是怎麽個来歷。上頭還有字跡。襲人
道連一家子也不知来歷。聽得説落草時從
他口里掏出来的。上面現成的穿眼。等我
拿来你看便知。黛玉忙止道罷了。此刻夜
深了。明日再看不遲。大家又敘了一回方
纔安歇。次日起来省過賈母。因往王夫人
處来。正值王夫人與熙鳳在一處。拆金陵

来的書信。看又有王夫人之兄嫂處遣了
兩個媳婦来説話。的黛玉雖不知原委。探
春等却都曉得。是議論金陵城中所居的
薛姨母之子。姨表兄薛蟠。倚財仗勢打死
人命。現在應天府案下審理。如今母舅王
子騰得了信息。故遣人来告訴。這邊意欲
喚取進京之意。要知端詳。且聽下回分解。

石頭記第四回

薄命女偏逢薄命郎
葫芦僧乱判葫芦案

題 捐軀報君恩 未報軀猶存(在)
曰 眼底物多情 君恩誠可待

却說黛玉同姊妹們。至王夫人處。見王夫人與兄嫂處来人計議家務。又說姨母家中遭了人命官司等語。見王夫人事情冗

雜姊妹们遂出来。至寡嫂李氏房中来
了。原来這李氏即賈珠之妻。雖然亡夫幸
存一子。取名賈蘭。今方五歲已入學攻書。
這李氏亦係金陵名宦之女。父名李守中。
曾爲國子監祭酒。族中男女無有不誦詩
讀書者。至李守中承継以来。便說女子無
才便有德。故生了李氏時。便不十分令其
讀書。只不過將些女四書。烈女傳。賢媛集。

書
古今若此平常
人最難得至
于華之書文
尤難見也

等三四種書。使他認得幾個字。記得前朝這幾個賢女傳罷了。卻只以紡績井臼爲要。因取名李紈字宮裁。因此李紈雖青春喪偶。且身處於膏粱錦繡之境。如槁木死灰一。般。一概無見無聞。惟知侍親養子。外則陪侍小姑等。針黹誦讀而已。今黛玉雖客寄于斯日。有這般姑嫂相伴。除老父外。餘者也就無庸慮及了。如今且說賈雨村因補授了應天府一下馬就有一件人命官司詳至案下乃是兩家爭買一婢各不相讓以致毆傷人命彼時雨村即拘原告之人来審那原告道被毆死者乃小人〻主人因那日買了一個了頭不想係拐子所拐来賣的這拐子先已淂了我家的銀子我家小爺原說第三日方是好日子再接入门這拐子便又悄〻的賣与了薛家被我

们知道了。去找拿賣主。奪取了頭。無奈薛家原係金陵一霸。倚財仗勢。衆豪奴將我少主人竟打死了。凶身主僕已皆逃走。無影無踪。只剩下幾個局外之人。小人告了一年的狀。竟無人作主。望太老爺拘拿凶犯。剪惡除凶。以救孤寡。死者感戴天恩不盡。雨村聽了大怒道。豈有這樣放屁的事。打死人命就白白走了。再拿不來的。因發籤差公人。立刻将凶犯族中人拿来考问。令他们實供藏在何處。一面再動海捕文書。未發籤时。只見案边立的一個门子。便使眼色不令他發籤之意。雨村心下甚為疑怪。只得停了手。即时退堂。至密室使從者皆退去。只留门子一人伏侍。這门子忙上来請安。笑问老爺一向加官進禄。八九年来就忘了我了。雨村卻十分面善得紧。只

是一時想不起来。那门子笑道。老爺真是
貴人多忘事。把出身之地竟忘了。不記得
當葫蘆廟里之事了。雨村聽了。如雷震了
一驚。方想起往事。原来這门子本是葫芦
廟内一個小沙彌。因被火之後。無處安身。
欲投别廟去修行。又耐不得清涼景況。因
想這件生意。到還輕省熱鬧。遂趁年紀蓄
了髮。充了门子。雨村那里料到是他。便忙

攜手笑道原來是故人又讓坐了好談這门子不敢坐雨村笑道貧賤之交不可忘你我故人也一則此係私室既欲長談豈有不坐之理這门子聽說方告了坐斜簽着坐了雨村因問方才何故不令發簽门子道老爺既榮任到這一省難道就没有抄一張本省的護官符來不成雨村忙問何為護官符我竟不知门子道這還了的連

這個不知○怎能作得常遠○如今幾個地方官○皆有個私單○上面寫的是本省最有權有勢○極富極貴的大鄉紳的名姓○各省皆然○倘若不知○一時觸犯了○這樣的人家○不但官爵難保○只怕連性命還保不成呢○所以綽號叫作護官符○方才所說的薛家老爺○如何惹得他○他這一件官司並無難斷之處○皆因都礙着情分臉面○所以如此○一面說一

面從順袋中取出一張抄寫的護官符来
遞与雨村。看时上面皆是大族名宦之家
的諺俗口碑。其口碑抄寫的明白。下面註
着始祖官爵並房次。石頭亦曾照樣抄寫
一張。今據石上所抄云。

賈不假。白玉爲堂金作馬。寧国榮国二公之後。共二十房分。除寧榮親派八房在外。現原籍住着十二房。

阿房宮。三百里。住不下金陵一個史。保齡侯尚書令史公之後。房分共十八。都中現住者十房。原籍現居八房。

東海缺少白玉床。龍王來請金陵王。都太尉統制縣伯王公之後。共十二房。都中二房。餘在籍。

豐年好大雪。珍珠如土金如鐵。紫微舍人薛公之後。現領内司帑銀行商。共八房分。

雨村猶未看完。忽聞傳点人報王老爺来拜。雨村聽說。忙整衣冠出去迎接。有頓飯工夫方回来。細問這門子。門子道。這四家皆連絡有親。一損皆損。一榮皆榮。扶持遮飾。皆有照應的。今告打死人之薛。即係豐年大雪之薛也。不單靠這三家。他的世交親友。都在外者。本亦不少。老爺如今拿誰去。雨村聽如此說。便問門子道。如係這樣說來。却怎麽了結此案。你大約也深知凶犯躲的方向了。門子笑道。不瞞老爺說。不但這凶犯躲的方向我知道。一併這拐賣之人。我也知道。死鬼買主也深知道。待我細說與老爺聽。這個被打之死鬼。乃是一個本地的小鄉宦之子。名喚馮淵。自幼父母早亡。又無兄弟。只他一個人守着些薄

産過日。長到十八九歲上。酷愛男風。最厭
女子。這也是前生的冤孽。可巧遇見這拐
子賣的了頭。偏偏一眼看上了。立意買來
作妾。立誓再不接交男子。也不再要第二
箇了。所以三日後。纔過門。誰曉這拐子又
偷賣與薛家。他意欲要捲了兩家的銀子。
再逃往他省去。誰知又不曾走脫。被兩家
拿住。打了個臭死。都不肯收銀子。只要領

賊姓

人。那薛家公子。豈是讓人的。喝令手下人一打。將馮公子打了稀爛。抬回家去。三日完了。這薛公子。原是早以擇定日子上京去的。頭起身兩日前。就[illegible]遇見這丫頭。意欲買了就進京的。誰知鬧出這事來。既打死。馮。公。子。奪了。丫頭。他便。沒事。人。一。般。只管代了家眷走他的。路。他這里自有弟兄奴僕。在此料理。也並不為此些小之事。值

還記得

淂他一逃走的這且别说老爺你當知被賣的丫頭是誰雨村道我如何淂知门子冷笑道這人莫来還是老爺大恩人呢他就是葫芦庙傍住的甄老爺的女兒小名喚英蓮的雨村罕然道原来就是他聞淂養至五歲被人拐去却如今才来賣呢门子道這一種拐子单管偷五六歲的女兒養在一個僻静之處到十一二歲时度

其容貌。代丞他御。轉賣。當日這英蓮。我們天天哄他頑耍。雖隔了七八年。如今十二三歲。光景。其模樣雖然出脫得齊整了。好些。然大槩像貌。自是不改。熟人易認。況且他眉心中。原有米粒大小的一点胭脂齋。從胎里代来的。所以我却認得。偏生這拐子又租了我的房舍居住。那日拐子不在家。我也曾問他。他是被拐子打怕了的。万

可憐可嘆

不吽說。只說（可恨可恥）拐子係他親爹。因無錢償債。故賣他。我又哄之再四。他就哭了。只說我原不記得小時之事。這可無疑了。那日馮公子相看了。兑了銀子。拐子辭了。他嘆道。我今日罪孽可滿了。後又聽見馮公子三日後才令過門。他又轉有憂愁之態。我又不忍其形。等拐子出去。又命內人去解釋他道。這馮公子必待好日期來接。可知必不似丫頭相看。況他是個絶風流人品。家里頗過得。素習最又厭惡堂客。今竟破價買你。後事不言可知。只耐得兩三日。何必憂悶。他聽如此說。方才畧解憂悶。自為從此得所。誰料天下竟有這等不如意的事。第二日。他偏又賣與了薛家。若賣与第二個人還好。這薛公子的混名。獃霸王。最是天下第一個弄性尚氣之人。而且使錢如土。遂打了箇落花流水，生拖死拽，把個英蓮拖去。如今也不知死活。這馮公子空喜一場，一念未遂，反花了錢，送了命，豈不可嘆！雨村聽了，亦嘆道：這也是他們的孽障遭遇，亦非偶然。不然這馮淵如何偏只看準了這英蓮？這英蓮受了拐子的這幾年折磨，才得了個頭路，且又是個多情的，若能聚合了，到是一件美事，偏又生出這段事來。這

但以英馮二人之遭遇自釋，便將前買妾時甄家孩子之語，遂置為醒悟，是屁雅能言之鳥獸，不若是之忍中寧不醜耻

我則一味保全自己窩囊可笑

薛家縱比馮家富貴想其為人自然姬妾衆多淫放無度怎及馮淵定情一人者這正是夢幻情緣恰遇見一對薄命兒女且不要議論他人只如今這官司何扣剖斷才好门子笑道老爺當日何其明決今日何反成了沒主意的人了小的聞得老爺補陞此任亦係賈府王府之力此薛蟠即賈府之親戚老爺如不順水行舟作了整人情

將此案了結，日後也好去見賈王二公。爾村道：你説的何嘗不是，但事關人命，蒙皇上隆恩起復委用，實是重生再造，正當殫心竭力圖報之時，豈可因私而廢公，是我實不能為者。門子聽了冷笑道：老爺説的何嘗不是大道，只是如今世上是行不去的。豈不聞古人有云：大丈夫相時而動。又曰：趨吉避凶者為君子。依老爺這一説，不但不能報効朝廷亦且自身不保還要三思爲要兩村底了半日頭方才道依你怎麽樣门子道小人已想了個極好的主意在此老爺明日坐堂只管虚張聲勢動文書發籤拿人原凶是自然拿不來的原告固是定要自將薛家族中及奴僕人等拿幾個来拷问小的在暗中調停令他們報了暴病身亡合族中及地方上共遞一張保呈

老爺只説善能扶乩請仙堂上設了乩壇
令軍民人等只管來看老爺就説乩批仙
了死者馮淵與薛蟠原因夙孽相逢今狹
路既遇原應了結薛蟠今已得無名之病
被馮魂追索已死其禍皆由拐子某人而
起被拐之人原係某姓人氏按法處治餘
不累及等語小人暗中囑託拐子令其實
招衆人見乩仙批語與拐相符餘者自

照也不虛了薛家有的是錢老爺斷一千
也可五百也可與馮家作燒埋之費馮家
也無甚要緊的人不過為的是錢見有了
這個銀子想也就沒话了老爺细想此计
如何雨村笑道不妥不妥等我再斟酌斟
酌或可壓伏口聲二人计議天色已晚别
無说话至次日坐堂拘取應有名人犯雨
村详细加審问果見馮家人口稀踈不過

借此欲多，得些燒埋之費，薛家仗勢，倚情偏不相讓，故致顛倒，未决。雨村便狥罔法，胡亂判斷了，此案，馮家得了，許多燒埋銀子，也就無甚話說，雨村斷了此案，急忙作書信二封，與賈政並京營，節度使，王子騰，不過說，令甥之事，已完，不必過慮，等語。此事，皆由葫芦廟內，之沙彌，新門子所出，雨村，又恐他對人說出，當日貧賤時，的事來，因此心中大不樂業後來到底尋了個不是遠々的發売才罷當下言不着雨村且說那買了英蓮打死馮淵的薛公子幼年喪父寡母又憐他是個獨根孤種未免溺愛縱容些遂致老大無成且家有百万之富現領着內帑錢粮採辦雜料這薛公子學名薛蟠字表文起歲情性奢侈言語傲慢雖也上過學不過畧々識幾個字終日惟有

鬭雞走馬遊山玩景而已雖是
皇商一應經紀世事全然不知不過賴祖
父舊日情分戶部掛虛名支領錢糧其餘
事體自有夥計老家人等措辦寡母王氏
乃現任京營節度使王子騰之妹與榮國
府賈政的夫人王氏是一母所生的姊妹
今年方四十上下年紀只有薛蟠一子還
有一女比薛蟠小兩歲乳名寶釵生得肌

骨瑩潤舉止温雅當日有他父親在日酷
愛此女令其讀書識字較之乃兄竟高過
十倍自父親死後見哥哥不能體貼母懷
他便不以讀書為事只留心針黹家計等
事好為母親分憂解勞近因今上崇詩尚
禮徵採才能降不世出之隆恩除聘選妃
嬪之外在世宦名家之女皆親名達部以
備選擇為宮主郡主入學陪侍充為才人

賛善之職二則自薛蟠父親死後各省中
所有的買賣承局總管夥計人等見薛蟠
年輕不知世務便拐騙起来京都中幾處
生意漸亦銷耗薛蟠素聞得都中乃第一
繁華之地正思一游便趁此機會一為送
妹侍選二為望親三因親自入都銷筭舊
賬再記新支其實則為游覽上國之意因
此早已打點下行裝細軟以及饋送親友

各色土物人情等類正擇日已定起身不想偏遇見了那拐子重賣英蓮薛蟠見英蓮生得不俗立意買了又遇馮家來奪人因恃强喝令手下豪奴將馮淵打死他便將家中事務一一托囑了族中人並幾個老家人他便代了母妹竟自起身長行去了人命官司一事他却爲兒戲之事不過化上幾個臭錢沒有不了的在路不記其

日那日已將入都時却又聞得母舅王子
騰陞了九省統制奉旨出都查邊薛蟠心
中暗喜道我正愁進京去有個嫡親的母
舅管轄着不能任意揮霍〻偏如今又
陞出去了可知天從人願因和母親商議
道咱們京中雖有幾處房舍只是這十几
年來沒人進京居住那個看守的人未免
偷着租賃與人須得先着几人去打掃收

拾才好他母親道何必如此招摇偺們這
一進京原是先拜親友或是在你舅舅家
或是在你姨爹家他家的房舍是極便宜
的偺們先能着住下再慢慢的差人去收
拾豈不消停些薛蟠道如今舅舅正陞了
外省去了家里自然忙乱起身偺們這個
工夫及一窩一拖的奔了去豈不没眼色
些他母親道你舅舅家雖陞了去還有你

姨爹家況這幾年来你舅〻姨娘兩處每
每代信稍書接僧们来如今既来了你舅
舅雖然忙着起身你賈家姨娘未必不苦
留我们僧们且忙〻的收拾房屋豈不使
人見怪你的意思我却知道守着舅〻姨
父住着未免拘緊你些你不如各自住着
好任意施爲的你既如此你自己去挑所
房子去住我和你姨娘姊妹们别了這幾

年却要斯守幾日我代了你妹〻去投你姨娘家去你道好不好薛蟠見母親如此説情知扭不過的只得吩咐人夫一路奔榮國府来那時王夫人已知薛蟠官司事虧雨村就中維持了結才放了心又見哥〻陞了邊缺正愁又少了娘家的親戚来往略加寂寞些過了几日忽家人傳報姨太〻代了哥兒姐兒合家進京正在门外

下車喜的王夫人忙代了女媳人等接出大廳將薛姨媽等接了進來姊妹們暮年相見自不必說悲喜交集泣笑敘濶一番忙又引了拜見賈母將人情土物各種酬獻了合家俱廝見過忙又治席接風薛蟠也拜見過賈政賈璉又引着拜見了賈赦賈珍等賈政便使上來對王夫人說姨太太已有春秋外甥年輕不知世路在外住

着恐有人生事偺們東北角上梨香院一所十来間房白空間着打掃了請姨太ゝ和姐兒哥兒住着甚好王夫人未及畱賈母也遣人来說請姨太ゝ就在這里住下大家親密些等語薛姨媽正欲同居一處方可拘緊些兒若另住在外又恐縱性惹禍遂忙道謝應允又私与王夫人說明一應日用供給一概都免却方是處長之法

王夫人知他家不難於此遂亦從其願從
此後薛家母子就在梨香院中住了原來
這梨香院乃當日榮公暮年養靜之所小
小巧〻約有十餘間房屋前廳後舍俱全另
有一门通街薛蟠家人就走此门出入西
南有一角门通一夹道便是王夫人正房
的東院了每日或飯後或晚間薛姨媽便
過來或与賈母閑談或和王夫人相叙宝

敘日与黛玉迎春姊妹等一處或看書下棋或做針黹到也十分樂業只是薛蟠起初之心原不欲在賈宅居住生恐姨父管約拘緊料必不自在的無奈母親執意在此只淂暫且住下一面使人打掃出自己家的房屋再移過去的誰知自在此間住了不上一月的日期賈宅族中凡有的子姪俱已認熟了一半凡有那些紈袴氣習

者莫不喜与他來往今日會酒明日觀花
甚至聚賭嫖娼漸漸無所不爲到引誘的
薛蟠比當日還壞了一倍雖說賈政訓子有方
治家有法一則族大人多照管不到這些
二則現任族長乃是賈珍彼乃寧府長孫
又現襲職凡族中事自有他掌管三則公
私冗雜且素性瀟灑不以俗務爲要每公
暇之時不過看書著棋而已餘事多不在

意況，且這梨香院相隔兩層房舍，又有街門別開，任意可以出入，所以這些子弟們竟可以放意暢懷的，因此遂將移居之念漸漸打滅了。要知端詳，且聽下回分解。

石頭記第七回

尤氏女獨請王熈鳳
賈寶玉初會秦鯨卿

話説周瑞家的送了劉姥〻去後便上来回夫人話誰知王夫人不在上房问了嬛们時方知往薛姨媽那邊閒話去了周瑞家的聽説便轉東角门出至東院往梨香院来剛至院门前只見王夫人了嬛名金

釧兒者和一個緫角頭的小女孩兒站在
台坡上頑呢見周瑞家的来了便知有話
回因向内努嘴兒周瑞家的輕〻掀簾進
去只見夫人和薛姨媽長篇大套的説些
家務人情等語周瑞家的不敢驚動遂進
裡間来只見宝釵穿着家常衣服頭上只挽
着鬏兒在炕里边伏在小炕上同小環鶯兒
正描花樣子呢見他進来宝釵纔放下筆

轉過身來滿面堆笑讓周姐〻坐着周瑞家的也忙陪笑問好一面炕沿邊坐了因說這有兩三天也沒見姑娘到那邊逛〻去只怕是你寶玉兄弟冲撞了你不成寶釵笑道那裡的話只因我那種病又發了所以且靜養兩日周瑞家的道正是呢姑娘到底有什麼病根兒也該趁早兒請個大夫來好生開了方子認真吃幾劑藥一世

除了根纔是小〻年紀到作下個病根也不是頑的寶釵聽說便笑道再不要提吃藥為这病請大夫吃藥也不知白花了多少銀子錢呢憑你什么名醫仙藥從沒見一点兒効後来還虧了一個秃頭和尚專治無名之症因請他看了他說我這是從胎裡帶来的一股熱毒幸而我先天結壯還不相干若吃丸藥是不中用的他就說

了一個海上方又給了一包末藥作引異香異氣的不知是那里弄了来的他說發了时節吃一丸就好到也奇怪這到效驗得紧吃下去就好周瑞家的因问道不知是個什麼海上方兒姑娘說了我们也記着記与人知道倘遇見這樣病也是行的事宝釵見问乃笑道不用這方兒還好若问起這方兒真々把人鎖碎死了東西藥

材一槩都有現易得的只難得可巧二字要春天開的白牡丹花心十二兩夏天開的白荷花蕊十二兩秋天開的白芙蓉蕊心十二兩冬天開的白梅花蕊心十二兩將這四異花蕊于次年春分這日晒乾和在末藥一處一齊研好又要雨水這日的雨水十二錢周瑞家的忙道嗳喲這樣說來這就得三年的工夫倘或雨水這日竟

不下雨可又怎處呢寶釵笑道所以了那
裡有這樣可巧的雨便沒雨也只好再等
罷了還要白露這日露水十二錢霜降這
日霜十二錢小雪這日雪十二錢把這四
樣水調勻和了丸藥再加十二錢蜂蜜十
二錢白糖丸如龍眼大的丸子盛在舊磁
罈內埋在花根底下若發了病時拿出來
吃一丸用十二分黃柏煎湯送下周瑞家

的聽了笑道阿彌陀佛真巧死了人等十年也未必都這樣巧呢寶釵道竟好自他說了去後一二年間可巧都得了將容易配了一料如今從南帶至此現今埋在梨花樹下周瑞家的又道这藥可有名字沒有寶釵道有這也是那癩和尚說下的叫作冷香丸周瑞家的听了点頭兒因又說这病發了时到底覺是怎樣寶釵道也

不覺什么只不过喘嗽些吃一九藥也就
罷了周瑞家的還欲說話時忽聽王夫人
问誰在裡頭說話周瑞家的忙去答應了
趂便回了刘姥姥之事略待半刻兒見王
夫人無語方欲退出薛姨媽忽又笑道你
且站住我有一宗東西你帶了去罷說着
便叫香菱簾櫳响處見方纔和金釧兒頑
的那個小女孩子進来了问奶奶叫我作

什么薛姨媽道把那匣子裡的花兒拏来
香菱荅應了向那邊捧了個小小錦匣来
薛姨媽乃道這是宫裡頭作的新鮮樣法
堆紗花十二枝昨兒我想起来白放著可
惜舊了何不給他們姊妹戴去昨兒要送
去偏又忘了你今兒来的巧就帶了去罷
你家的三位姑娘每人兩枝下剩六枝送
林姑娘二枝那四枝給了鳳姐兒罷王夫

人道留着给宝丫頭戴罷了又想着他们
薛姨媽道姨娘不知宝丫頭古怪呢他從來
不要這些花兒粉兒的說着周瑞家的拏
了匣子走出房门見金釧兒仍在那里晒
日陽兒呢周瑞家的因問他道那香菱小
丫頭子可就是常說臨上京时買的為他
打人命官司的那丫頭子金釧道可不就
是正說着只見香菱笑嘻嘻的走來周瑞

家的便拉了他的手細細看了一回因向
金釧兒笑道好個模樣竟有些像偺們寧
府里蓉大奶奶的品格金釧笑道我也是
這麽說呢周瑞家的又問香菱你幾歲投
身到這裡又問你父母今在何處今年十
幾歲了本處是那裡人香菱聽問都搖頭
說不記得了周瑞家的和金釧兒聽了倒
反為嘆息傷感了一回一時周瑞家的攜

了花匣至王夫人正房後来原来近日賈
母說孫女兒们太多了一處擠着到不便
宜只留宝玉黛玉二人在這邊解悶却將
迎探惜三人移到王夫人這邊房後三間
小抱厦内居住令李紈陪伴照管如今周
瑞家的故順路先往這里来只見幾個小
丫頭子都在抱厦内聽呼喚默坐迎春的
丫嬛司棋与探春的丫嬛待書二人正掀

篋子出來手裡都捧着茶盤茶鍾周瑞家的便知他姊妹在一處坐着遂進入內房只見迎春探春二人正在窗下下棋周瑞家的將花送上說明原故他二人忙住了棋都欠身道謝命了环們收了周瑞家的答應了因說四姑娘不在屋里只怕在老太太那邊呢了嬛們道在那屋裡不是周瑞家的聽了便往這邊屋內來只見惜春正

同水月菴（卽饅頭菴）小姑子智能在一處頑耍
見周瑞家的進來惜春便問他何事周瑞
家的便將花匣打開說明原故惜春笑道
我這裏正和能兒說我明兒也剃了頭同
他作姑子去呢可巧又送了花兒來若剃
了頭可把這花戴在那里呢說着大家取
笑一回惜春命了鬟入畫來收了周瑞家
的因問智能兒你是什么時候來的你師

父那秃驴往那里去了智能兒道我们一早就来了我師父見了太〻就往于老爺府里去了叫我在這里等他呢周瑞家的又道十五的月例香供銀子可得了没有智能兒摇頭說不知道惜春聽說便問周瑞家的如今各廟裡月例銀是誰管着周瑞家的道余信管着惜春聽了笑道這就是了他師父一来余信家的趕上来和他

師父咕唧了半日想是就為這一事了那
周瑞家的又和智能兒勞叨了一回便往
鳳姐處來穿夾道從李紈後窗下過越
西花墻出角门進入鳳姐院中走至堂屋
只見小丫頭豐兒坐在鳳姐的房门檻上
見周瑞家的來了連忙擺手兒往東房裡
去周瑞家的會意慌的躡手躡脚往東邊
房里來只見奶子正拍著大姐兒睡觉呢

周瑞家的悄问奶子道姐兒睡中觉呢也
該請醒了奶子摇頭兒正问着只聽那边一
陣笑聲却有賈璉的聲音接着房门响處
平兒拿着大銅盆出来叫豐兒舀水進去
平兒便到這邊来了一見了周瑞家的便
问你老人家又跑了来作什么周瑞家的
忙起身拿匣子与他說送花兒一事平兒
聽了便打開匣子拿了四枝轉身去了半

刻工夫手裡又拏出兩枝来先叫彩明来分付他送到那邊府裡給小蓉大奶々帶去次後方命周瑞家的回去道謝周瑞家的這纔往賈母這邊来穿過穿堂頂頭忽見了他女兒打扮著纔從他婆家来周瑞家的忙問你這會子跑来作什么他女兒笑道媽一向身上好我在家裡等了這半日媽竟不出去什么事情忙的這樣不回

家我等煩了自已到了老太〻跟前請了
安了這回子請太〻的安去嗎還看不了
的什么差事手裡是什么東西周瑞家的
笑道噯今兒偏〻的来了個刘姥〻我自
已多事爲他跑了半日這會子還被姨太
太看見了叫送這個花兒与姑娘奶〻們
這會了還沒送清句呢你這會了跑来一
定有什么事情的他女笑道你老人家到

會猜寔對你老人家說你女婿前兒是因多吃了兩盃酒和人分爭不知怎的被人放了一把邪火說他來歷不明告到衙門裡要解遞還鄉所以我來和你老人家商議商議這個情分求那一個可以了事周瑞家聽個道我就知道的這有什么大不了的且家去等我送了林姑娘的花兒去了就回家來此時太〻二奶〻都不得閒兒

你回去等我這沒有什么忙的他女兒聽如此說便回去了還說媽将歹快来周瑞家的道是了小人家沒經過什么事就急得你這樣了說着便往黛玉房中去了誰知此時黛玉不在自己房中却在宝玉房中太家解九連環作戲周瑞家的進来笑道林姑娘姨太太着我送花来与姑娘戴宝玉聽說先便說什么花拿来給我看看

一面早伸手接過来了開匣看時原来是
宫製堆紗新巧的假花黛玉只就寳玉手
中看了一看便問道還是單送一個人的
還是别的姑娘們都有周瑞家的道各位
都有了這兩枝是姑娘的了黛玉冷笑道
道我就知道别人不挑剩下的不給我周
瑞家聽了一聲不言語寳玉便道周姐〻
作什么到那边去了周瑞家的說太太在

那里因向那邊回话去了姨太〻就順便吽我帶来了宝玉道宝姐〻在家作什么呢怎的幾日也不過来周瑞家的道身上不大好呢宝玉聽了便和了頭說誰去瞧瞧就說我和林姑娘打發来问姨娘姐〻什么病吃什么藥論理我該親自来看的就說纔從學裡回来也着了些凉異日再親自来看罷說着茜雪便答應去了周瑞家

的自去無話原来這周瑞的女婿便是賈
雨村的好友冷子興近因賣古董和人打
官司故遣女人来討情分周瑞家的仗着
主子的勢利把這些事也不放在心上晚
間只求〻鳳姐兒便完了至掌灯時分鳳
姐已卸了妝来見王夫人回說今兒甄家
送了来的東西我已收了咱們送他的趁
着他家有年下送鮮的船回去一併都交

給他们帶了去了王夫人点頭鳳姐又道臨安伯老太〻生日的禮已經打点了派誰送去王夫人道你瞧誰閒着不管打發着那四個女人去就完了又來當什么正緊事问我鳳姐又笑道今日珍大嫂來請我明日過去瞧〻明日到沒有什么事王夫人道沒事有事都害不着什么每常他來請有我们你自然不便意他既不請我们單

語你可知是他誠心叫你散澹散澹別辜負了他的心便有事也該過去纔是鳳姐荅應了當下李紈迎探等姊妹們亦曾定省畢各自歸房無話次日鳳姐梳洗了先回王夫人畢方來辭賈母寶玉聽了也要跟去鳳姐只得荅應着立等換了衣服姐兒兩個坐了車一時進入寧府早有賈珍之妻尤氏與賈蓉之妻秦氏婆媳兩個引

了多少姬妾了鬟媳婦等接出儀门那尤氏一見了鳳姐必先笑嘲一陣一手携了宝玉同入上房来歸坐秦氏献茶畢鳳姐因说你们请我作什么有什么東西来孝敬就献上来我還有事呢尤氏未及荅應话地下幾個姬妾先就笑说二奶奶今兒不来就罷既来了就依不得二奶奶了正说着只見賈蓉進来了請安宝玉因问大

哥々今日不在家么尤氏道出城請老爺安去了又道可是你怪悶的也坐在這裡作什么何不去瞧々秦氏笑道今兒可巧上回宝叔々立刻要見々我兄弟他今兒也在這裡想在書房裡呢宝叔々何不去瞧々宝玉聽了即便下炕要走尤氏鳳姐都忙説好生着忙什么一面便分付人好生小心跟着别委曲他到比不得跟個老

太〻過来就罷了鳳姐說道既這么着何
請進這秦小爺来我也瞧〻難道我見不
得他不成尤氏笑道罷〻可以不必見比
不得偺們家的孩子們胡打海摔的慣了
人家的孩子都是斯〻文〻慣了的怎見
你這破落戶還被人笑話死了呢鳳姐笑
道普天下的人我不笑話就罷了到叫這
小孩子咲話不成賈蓉笑道不是這話他

生的腼腆沒見過大陣仗兒嬸子見了沒
的生氣鳳姐啐道他是哪吒我也要見一
見別放你娘的屁了再不帶去看給你一
頓好嘴巴子賈蓉笑嘻嘻的說我不敢強
就帶他來說着果然出去帶進一個小後
生来較宝玉略瘦巧些清眉秀目粉面朱
唇身材俊俏舉止風流似在宝玉之上只
怯怯羞羞有女兒之態腼腆含糊向鳳姐

作揖问好鳳姐喜的先推宝玉笑道比下去了便欠身一把携了這孩子的手就命他身傍坐了慢〻问他年纪讀書等事方知学名唤秦鐘早有鳳姐的了環媳婦们見鳳姐初會秦鐘并未備得表禮来遂忙過那邊去告訴平兒平兒知道鳳姐与秦氏原密雖是小後生家亦不可太儉遂自作主意拏了一疋尺頭兩個狀元及第的小

金錁子交付与来人送去鳳姐猶笑说简薄等语秦氏等謝過一时吃畢飯尤氏鳳姐秦氏等抹骨牌不在话下宝玉秦鍾二人隨起坐说话那宝玉自一見秦鍾人品心中便如有所失癡了半日自己心中又起了獃意自思道天下竟有這等人物如今看来我就成了泥猪癩狗了可恨我為什么生在侯门公府之中若也生在寒儒

薄宦之家早淂与他交接也不枉生了一
世若既如此比他尊貴可知綉綿紗羅也
不過裹了我這根死木美酒羊羔也只不
過填了我這糞窟泥溝富貴二字不料遭
我荼毒了秦鍾自見了寳玉形容出衆舉
止不浮更兼金冠繡服驕婢侈童秦鍾心
中亦自思道果然這寳玉怨不淂人溺
愛他可恨我偏生于清寒之家不能与他

耳鬓交接可知貧寒二字限人亦世间之
大不快事二人一樣的胡思亂想忽又宝
玉问他讀什么書秦鐘見问便實而答之
二人你言我語十来句後越覺親密起来
一時擺上茶菓吃茶宝玉便説我们兩個
又不吃酒把菓子擺在里间小炕上我们
那里坐去省的鬧你们于是二人進裡间
来吃茶秦氏一面張羅与鳳姐擺酒菓一

面悄進来嘱宝玉道宝叔〻你姪兒倘或
言語不防頭你千萬看着我不要理他〻
雖腼腆却性子左强不大隨和些是有的
宝玉笑道你去罷我知道了秦氏嘱了他
兄弟一回方去陪鳳姐一時鳳姐尤氏又
打發人来問宝玉要吃什庅外面有只管
要去宝玉只答應着也無心在飲食上只
問秦鐘近日家務等事秦鐘因說業師于

去年病故，家父又年老，殘病在身，公務繁冗，因此尚未講及延師一事，目下不過在家溫習舊課而已。再讀書一事，必須有一二知己為伴，時常大家討論，纔能進益。寶玉不待說完，便答道：正是呢，我們家卻有個家塾，合族中有不能延師的，便可入塾讀書，子弟們中亦有親戚在內，可以附讀。我因業師又回家去了，也現在荒廢著。

家父之意亦欲送我去温習舊書待明年業師上来再各自在家讀書亦可家祖母因說一則家學裡子弟太多生恐大家淘氣反爲不好二則因我病了幾天遂暫且担擱著如此說来尊翁如今也爲此事懸心今日回去何不禀明就往我們敝塾中来我亦相伴彼此有益豈不是好事秦鐘笑道家父前日在家提起延師一事也曾提起這

里的義學到好原要来和這裡親翁商議
引荐因這里事忙不便為這点小事来聒
絮的宝叔果然度小恐或可磨墨滌硯何
不速速的作成又彼此不至荒廢又可以
常相談聚又可以慰父母之心又可以得
朋友之樂豈不是美事宝玉道放心放心
偺們回来先告訴你姊姊和璉二嫂
子你今日回家禀明令尊我回去再禀明

家祖母無不速成之理的二人计議已定那天氣也是掌灯時纔出来又看他们頑了一回牌算賬時却秦氏尤氏二人輸了戲酒的東道言定後日吃這東道一面又吃晚飯々畢因天氣黑了尤氏因說先派兩個小孩子送了這秦相公家去媳婦们傳了出去半日秦鍾告辭起身尤氏问派了誰送去媳婦们回說外頭派了焦大誰

知焦大醉了又罵呢尤氏秦氏都說道偏又派他作什么放着這些小子們那一個派不得偏要惹他去鳳姐道我成日在家說你太軟弱了縱的家里人這樣還了得呢尤氏嘆道你難道不知這焦大的連老爺都都不理他的你珍大哥〻也不理他只因他從小兒跟着太爺出過三四次兵從死人堆里把太爺背了出来得命自已挨

着餓却偷了東西来給主子吃兩日沒得水渇了半碗水給主子喝他自已喝馬溺不過仗着這些功勞情分有祖宗時都另眼相待如今誰肯難為他去他自已又老了又不顧体面一味的喫酒一吃醉了無人不罵我常說給管事的不要派他差事全當一個死的就完了今兒又派了他鳳姐道我何常不知這焦大到是你們沒主

意看這樣的何不打發他遠遠的庄子上
去就完了說着因問我們的車可齊備了
地下衆人都在道伺候齊了鳳姐亦起身
告辭和宝玉携手同行尤氏等送至大廳
只見灯燭輝煌衆小子都在坍墀下侍立
那焦大[illegible]又特賈珍不在家即在家亦不将
怎樣更可以恣意洒落洒落因趁着酒興
先罵大總管賴大說他不公道欺軟怕硬

有了好差使就派别人像這樣深更半夜送人的事就派着我了沒良心的忘八羔子瞎充管家你也不想〻焦大太爺蹺起一隻脚来比你頭還高呢二十年頭里的焦大太爺眼裡有誰别說你們這一把子雜種忘八羔子們正罵的興頭上賈蓉送鳳姐的車来衆人喝他不聽賈蓉忍不住便罵了他兩句使人綑起来等明日酒醒

了问他還尋死不尋死了那焦大那里把
賈蓉放在眼里反大叫起来赶着賈蓉
叫蓉哥兒你別在焦大跟前使主子性兒別
説你這樣兒的就是你爹你爺也不敢和
焦大挺腰子呢不是焦大一個人你們作
官兒享榮華受富貴你祖宗九死一生掙
下這個家業到如今不報我的恩反和我
充起主子来了不和我説別的還可若再

說別的僧們白刀子進去紅刀子出來鳳
姐在車上說與賈蓉以後還不早打發了
這沒王法的東西留在這裡豈不是禍害
倘或親友知道了豈不笑話僧們樣的人
家連個規矩王法都沒有賈蓉答應是衆
小厮見他太撒野不堪了只得上去幾個
揪番綑倒拖往馬圈裡去焦大益發連賈
珍都說出來了乱嚷乱叫說我要往祠堂

裡哭太爺去那里承望到如今生下這些畜生来每日家偷狗戲鷄爬灰的爬灰養小叔子的養小叔子我什么不知道偺们肐膊折了往袖子藏衆小廝聽他説出沒天日的話来唬的魂飛魄散也不顧别的了便把他綑起来用土和馬糞滿滿的填了他一嘴鳳姐賈蓉等也遥遥的聞得便都粧作不聽見寶玉在車上見這般醉鬧

到也有趣因問鳳姐道姐〻你聽見爬灰
的爬灰什么是爬灰鳳姐聽了連忙立眉
嗔目斷喝道胡說那是滿嘴里混唚你是
什么樣人不說不聽見還到細問等我回
了太〻仔細搥你不搥你唬的宝玉連忙
央告姐〻我再不敢了鳳姐道這纔是呢
等回去偺們回了老太〻打發你学裡念
書去要緊說着自回榮府而來要知下回

回目

有第八卷正是

浮雲濃時易撥濟

受恩深處勝親朋

石頭記第八回

薛宝釵小宴梨香院
賈宝玉逞醉絳雲軒

話説鳳姐和宝玉回家見過衆人宝玉先便回明賈母秦鐘要上家塾之事自已也有了個伴讀的朋友正好發奮又著實称讚秦鐘的人品行事最使怜爱鳳姐又在一旁帮着説過日他還来拜見老祖宗等

語說的賈母喜悦起来鳳姐又趁勢請賈
母後日過去看戲賈母雖年髙却極有興
至後日又有尤氏来請遂携了王夫人林
黛玉宝玉等過去看戲至晌午賈母便回来
歇息了王夫人本是好清淨的見賈母回
来也就回来了然後鳳姐坐了首席盡歡
至晚無話却說宝玉因送賈母回来待賈母
歇息了中覺意欲還去看戲取樂又恐擾

的秦氏等不便因想近日薛宝釵在家養病未去親候意欲望他一望若從上房後角门过去又恐遇見別事纏繞再或可巧遇見他父親更爲不便寧可遶遠路罷了當下衆嬤〻丫環伺候他換衣服見他不換仍出二门去了衆嬤〻小丫嬛只得跟隨出來還只當他去府中看戲誰知到了穿堂便向東向北遶過廳後而去偏頂頭

遇見了门下的請客相公詹光单聘仁二人走来一見了寶玉便都笑道趕上来一個抱住腰一個攜着手都道我的菩薩哥兒我說作了好夢了呢好容易得遇見了你就請了安又問好勞叨半日方纔走開老嬷嬷叫住因問你二位爺是在老爺跟前来的不是他二人点頭道老爺在夢坡齋小書房裡歇中觉呢不妨事的一面說

一面走了説的宝玉也笑了扵是轉向北奔梨香院来可巧銀庫房總領名喚吳新登与倉上的頭目名戴良還有幾個管事的頭目共有七八人從賬房裡出来一見了宝玉赶過来都一齊垂手站立獨有一個買辦名喚錢華的因他多未見宝玉忙上来打千兒請安宝玉忙含笑携他起来衆人都笑説前兒在那處看見二爺寫的

斗方兒字法越發好了多早晚賞我們幾張貼〻寶玉笑道在那里看見了衆人道好幾處都有稱讚的了不得還和我們尋呢寶玉笑道不值什么你們說給我的小么兒們就是了一面說一面前走衆人待他過去方各自散了間言少述且說寶玉來至梨香院中先入薛姨媽室中正見薛姨媽打點針黹与丫環們呢寶玉忙請了安薛姨

媽忙一把拉了他抱入懷中笑道這么冷
天我的兒難為你想着來快上炕來坐着
罷命人到滾〻茶來寶玉因問哥〻不在
家薛姨媽嘆道他是沒籠頭的馬天〻騃
不了那里肯在家一日寶玉道姊〻可大
安了薛姨媽道可是呢你前兒又想着打
發人來瞧他〻在裡间呢你去瞧〻他去
裡间比這里暖和那里坐着罷我收拾收

拾就進来和你説話兒宝玉聽説忙下炕
来至裡間门前只吊着半舊的紅紬軟簾
宝玉掀簾一跨步進去先就看見薛宝釵
坐在炕上作針線頭上挽着漆黑油光的
髻兒穿密合色的綿袄玫瑰紫的二色金
銀鼠比肩褂葱黄綾綿裙一色半新不舊
看来不覺奢華唇不点而紅眉不画而翠
臉若銀盆眼如水杏罕言寡語人謂藏愚

安分隨時自云守拙宝玉一面看一面问
姐々可大愈了宝钗抬頭只見宝玉進来
連忙起身含笑荅說已经大好了多謝你
記掛着說着讓他在炕上坐了即命鶯兒
倒茶来一面又问老太々姨娘安别的姊
妹们都好一面看宝玉頭上帶着纍絲嵌
宝紫金冠額上勒着二龍搶珠金抹額身
上穿着秋香色坐蟒白狐腋箭袖繋五

色蝴蝶赤金縧項上掛着長命鎖記名符另外有那一塊落草時啣下来的宝玉宝釵因笑説道成日在家説你這玉究竟未曾細〻的賞鑒我今兒到瞧〻説着便挪近前来宝玉亦湊上去從項上摘了下来遞在宝釵手中宝釵托在掌上只見大如雀卵燿若明霞瑩潤如酥五色花紋纏護這就是大荒山中青埂峯下的那塊補天

剩下的石頭、幻相後人曾詩嘲云、

女媧煉石已荒唐、又向荒唐説大唐、

失去幽靈真境界、幻来權就假皮囊、

好知運敗金無彩、堪嘆時乖玉不光、

白骨如山忘姓氏、無非公子与紅粧、

那頑石、亦曾記下他、這幻相並癩僧聽鐫的篆文、今亦按圖畫于後、但其真体最小、方從胎中小兒口啣下、今若按其体畫、恐字跡過于微细使覩者太廣眼光亦非暢事故今只按其形式無非略展放些規矩使觀者便于灯下醉中可閱今註明此故方無胎中之兒口有多大怎得啣此狼犺蠢大之物等語之謗

通靈宝玉正面圖式

音云

莫失莫忘

仙壽恒昌

此正面

反面圖式

音云

一除邪祟

二療冤疾

三知禍福

此反面

宝釵看畢又從翻過正面細看口内念首
莫失莫忘仙壽恒昌念了兩遍乃回頭向
鶯兒笑道你還不到茶去也在這里發獃
作什么鶯兒嘻嘻咲道我聽這兩句話到
像和姑娘的項圈上兩句話是一對兒宝玉
聽了忙笑道姉姉那項圈上也有八個字
我也賞鑒賞鑒宝釵道你別信他的話沒
有什么字宝玉笑道好姉姉你怎么瞧我

的呢宝釵被纏不過因說道也是人給了两句吉利話兒所以勒在金上了叫天天帶着不然沉甸甸的有什么趣兒一面說一面解了排扣從里面大紅袄上將那珠宝晶瑩黄金燦爛的瓔珞掏出來宝玉忙托了鎖看時果然一面有四個篆字兩面八箇共成兩句吉讖亦曾按式画下形相

音云 不離不棄

正面式

音云 芳齡永継

反面式

宝玉看了他的也念了兩遍又念自己的兩遍因笑问姊〻的只八箇字到真与我的是一對鶯兒笑说是癩頭和尚送的他说必須鏨在金器上宝釵不待他说完便嗔他不去倒茶一面又问從那里来宝玉此時与宝釵就近只聞一陣〻凉森〻甜絲〻的幽香竟不知從何處来的遂问姊〻燻的什么香我竟從未聞見过這味宝釵

笑道我最怕燻香好々的衣服燻的烟燎之氣的宝玉道既如此這是什么香宝釵想了一想笑道是了是我早起吃了丸藥的香氣未散呢宝玉笑道什么藥這么香得好姐々給我一丸嚐々宝釵笑道又混鬧了一箇藥也是混吃的一語未了忽聽外面人說林姑娘来了說猶未了林黛玉已摇々的走了進来一見了宝玉便笑

道暖哟我来的不巧了宝玉等忙起身笑讓坐宝釵因笑道這話怎么说黛玉笑道早知他来我就不来了宝釵道更不解這意黛玉笑道要来時一群都来要不来一箇也不来今兒他来了明兒我再来如此間錯開来豈不天天有人来也不至于太冷落也不至于太热鬧了姊姊如何不解這意思宝玉因見他外面罩着大紅羽緞对

衿褂子因問下雪了么地下婆子們道下了這半日雪珠兒了宝玉道取了我的斗篷来了不曾黛玉道是不是我来了他就該去了宝玉笑道我多早晚说要去了不过拿来預備着宝玉的奶娘李嬷々因说天又下雪了好早晚的了就在這里同姐々妹々一處頑々罷姨娘在那里擺茶菓子呢我教丫頭去取斗篷来说給小子們散了

罷寶玉應允李媽〻出去命小厮們都各
散去不提這里薛姨媽已擺了幾樣細巧
茶菓与他們吃茶寶玉因誇前日在那府
里珍大嫂子的好鵝掌鴨信薛姨媽听了
也把自己糟的取了些来与他嚐寶玉笑
道這箇須得就有酒吃纔好薛姨媽便命
人灌了最上等的酒来李嬤〻便上来道
姨太〻酒到罷了寶玉笑央道嬤〻我只

吃一鍾李媽々道不中用當着老太々叫[那怕]你吃一罈呢想那日我錯不見一會子不知是那一個沒調教的囫討[你]那好兒不管人的死活給了你一口酒吃葬送了我挨了兩日的罵姨太々不知道他牲子又可惡吃了酒更弄性有一日老太々高興了又儘他吃什么日子又不許他吃酒我是白陪在里頭挨罵薛姨媽笑道老貨你只管放心吃你們哥兒吃

多了回去，老太太問時，有我呢。一面說，便命小丫環来：讓你媽媽們去也吃一杯搪搪雪。那李嬷嬷听如此說，只得和衆人且去吃些酒水。這里宝玉又說：不必温熱了，我只愛吃冷的。薛姨媽忙道：這可使不得，吃了冷酒，寫字手要打颭兒的。宝釵笑道：宝兄弟，虧你每日家雜学旁收的，難道就不知道酒性最熱，若熱吃下去，發散就快，若冷吃下去，便凝結在内，

以〻五臟去暖他豈不受害從此快不要吃
那冷酒的了宝玉听這話說得有情理放下
冷的命暖來方飲黛玉磕着瓜子兒只抿着
嘴笑可巧黛玉的小丫環雪雁兒走來與黛
玉送小手炉黛玉含笑問他誰叫你送來的
難為他費心那里就凍死我了雪雁道紫
鵑姐〻怕姑娘冷使我送來的黛玉一面
接來抱在懷中笑道也虧你到听他說我

福厚者必
不如法

平日和你說的全當耳傍風怎么他說了你就依他比聖旨還遵些宝玉听听了這話知是黛玉借此奚落他的也無回覆之詞只嘻嘻的笑兩陣罷了宝釵素知黛玉是如此慣了的也不採他薛姨媽道你素日身子弱禁不得冷的他們記掛你到不好黛玉笑道姨媽不知道幸虧是姨媽這里倘或在别人家里人家豈不惱就看

的人家連个手炉也没有巴巴的從家里送来不説了頭們太小心過了還只當我素日是這等狂慣了呢薛姨媽道你是箇多心的有這想我就没這心了説話时宝玉已是三杯過去了李嬷嬷又上来攔阻宝玉正在高興之时和宝釵黛玉姊妹説説笑笑的那肯不吃只得屈意央告好媽媽我再吃兩鍾就不吃了李嬷嬷道你可仔

细老爺今兒在家呢隄防問你的書寶玉听了此話便心中大不自在慢〻的放下酒杯垂了頭黛玉先忙就說別掃大家的興舅〻若叫你只說姨媽留着呢這箇媽〻他吃了酒又拏我們來醒脾了一面悄〻的推寶玉使他賭氣一面悄的咕噥說別理那老貨偺們只管樂偺們的那李媽〻素知黛玉的因說道林姐兒你不要助着他

了你到劝〻他只怕他還听些林黛玉冷
笑道我為什么助他我也不犯着助他我
也不犯着劝他你這媽〻太小心了往常
老太〻又給他酒吃如今在姨太〻這裡
多吃一杯料也不妨事又言姨太〻這里
況又不常在這里的你必要管着想是怕
姨太〻這里慣了他也未可知李媽〻听
了又是急又是笑說道真〻這林姐兒說

出一句話来比刀子還尖呢你這笑什庅
寶釵也忍不住笑着把黛玉腮上一擰說
道真真這個顰丫頭的一張嘴呌人惱不
是喜欢又不是薛姨媽一面又說别怕别怕
我的兒来了這里没好的给你吃别把着
点子東西唬的存在心里到呌我不安只
管放心吃都有我呢越發吃了晚飯去便
醉了就跟着睡罷因命再盪熱酒来姨媽

陪你吃兩杯可就吃飯罷寶玉听了方又鼓起興來李嬤〻因吩咐小丫頭子們你們在這里小心着我家去換了衣服就來悄〻的回姨太〻別由他的性多給他吃說着便家去了這里雖還有三兩個婆子都是不関痛癢的見李嬤〻走了也都悄〻的自己方便去了只剩下兩個小丫頭子們樂得討寶玉的歡喜幸而薛姨媽千哄

萬哄的只容他吃個鍾杯就收過了作了酸笋鷄皮湯來宝玉痛喝了兩碗湯吃了半碗碧粳粥一時薛林二人也吃完了飯又釅釅潗上茶來大家吃了薛姨媽放了心雪雁等三四個丫頭已吃了飯進來伺候黛玉因问宝玉道你走不走宝玉也斜倦眼道你要走我和你一同走黛玉聽了遂起身道偺們來了這一回子也該回去

了還不知那邊怎么找偺們呢說着二人
便告謝小了頭忙捧過那一件斗笠來寶
玉略把頭低一低命他帶上那了頭便將
這大紅猩毡斗笠一抖纔往寶玉頭上一
合寶玉便說罷〻好蠢東西你也輕些兒
難道沒見过别人帶过的讓我自已帶罷
黛玉站在炕沿上道囉唆什么過来我瞧
瞧罷寶玉忙就進前来黛玉用手整理輕〻

籠住束髮冠將笠沿拽在抹額之上那一顆核桃大的絳絨簪纓扶起顫巍巍露于笠外整理已畢端像了端像說道好了披上斗篷罷寶玉听子方要了斗篷披上薛姨媽忙道跟你們的媽媽還都沒來呢且畧等等不好么寶玉道我們到去等他們有了頭跟着也勾了薛姨媽不放心到的命兩個婦人跟隨他兄妹方罷他二人道了擾

一徑回至賈母房中賈母上來用晚飯知
是薛姨媽處來更加歡喜因見宝玉吃了
酒了遂命他自回房中去歇着不許再出
來了因命人好生看待着忽想起跟宝玉
的人來遂問衆人李媽子怎么不見衆人
不敢直說家去了只說纔進來的想是有
事出去了宝玉踉蹌回頭道他比老太太還
受用呢問他作什么沒有他只怕我多活

兩日一面說一面來至自己卧房只見筆硯在
案晴雯先接出來笑說道好々兒叫我研
了那些墨早起高興只寫了三箇字丟了
筆就走了哄的我們等了一日快來給我寫
完這些墨纔罷呢寶玉忽然想起早起的
事來因笑道我寫的那三個字在那里呢
晴雯笑道這箇人可醉了你頭里過那府
里去就囑咐我貼在這門斗上這會子又這

么问我生怕别人貼壞了我親自爬高上梯的貼上這會还凍的手僵冷的呢宝玉听了笑道我忘了你的手我替你渥着説着便伸手携了晴雯的手同仰首看门斗上新書的三個字一時黛玉来了宝玉便笑道妹〻你别撒謊你看這三個字那一個好黛玉仰頭看裡间门斗上新貼了三個字寫着絳芸軒黛玉笑道這個〻都好怎么寫

的這么好了明兒也替我寫一個匾宝玉
嘻〻的笑道又哄我呢說着又見襲人合
衣睡着在那里宝玉笑道好太渥早了些
因又問晴雯道今兒我在那里吃早飯有
一碟子豆腐皮的包子我想你愛吃和珍
大奶〻說了只說我留着晚上吃叫人送過
來的你可吃了晴雯道快別提一送了來
我就知道是我的偏我纔吃了飯就擱在

那里，後來李嬷嬷來了，看見，説寶玉未必吃了，拏來給我孫子吃去罷，他就叫人拏了家去了，接着，茜雪捧上茶來，寶玉因讓林妹妹吃茶，衆人笑説，林妹妹早走了，還讓呢，寶玉吃了半碗茶，忽又想起早起的茶來，因問茜雪道，早起沏了一碗楓露茶，我説過，那茶三四次，後纔出色的，這會子怎麽又沏了這個茶來，茜雪道，我原是留着的那會子李嬷嬷來了他要嚐嚐就給他吃了寶玉聽了將手中的茶杯只順手往下一擲啷啷一聲打了個虀粉潑了茜雪一裙子的茶又跳起問着茜雪道是你那一門子的奶奶你們這么孝敬他不過仗着我小时候吃過他幾日奶罷了白白養着這個祖宗作什么攆了出去大家干淨説着立刻便要去回賈母攆他乳母原来襲人實未睡着不過故意

粧睡引宝玉来謳他頑耍先聞得説只问包子等事也還可不必起来後来摔了茶鍾動了氣遂連忙起来解釋勸阻早有賈母遣人来问是怎么了襲人忙道我纔倒茶来被雪滑倒了失手砸了鍾子一面又安慰宝玉道你立意要攆他也好我们也都顧意出去不如趁勢連我們一齊攆了罷我们也好你也不愁再有好的来伏侍

你宝玉聽了這话方無了言語被襲人等
扶至炕上脱換了衣服不知宝玉口内還
說些什么只覺口齒纏綿眼眉愈加餳澁
忙伏侍他睡下襲人伸手從他頭上摘了
那通霊玉来用自己的手帕包好塞在褥
下次日帶時便不着脖子那宝玉就枕睡
着了彼時李嬷々等已進来了聽見醉了
不敢前来再加觸犯只等着打听睡了方

放心散去次日醒来就有人同那邊小蓉大爺帶来秦相公来拜宝玉忙接了出去領了相見賈母賈母見秦鍾形容摽致舉止温柔堪陪宝玉讀書心中十分歡喜便留飯又命人帶去見王夫人等衆人因素日愛秦氏今見了秦鍾是這般人品也都歡喜臨去時都有表礼賈母又与了一個荷包並一個金魁星命文星和合之意又囑

咐道你家住的遠或一時寒熱飢飽不便只管住在我這里不必限定了只和你宝叔〻在一處别跟着那起不長進的東西們學秦鐘一〻的荅應回去禀知他父親秦業這秦業係現任工部營繕司郎中年將七十夫人早亡因當年無兒女便向養生堂抱了一個兒子並一個女兒誰知兒子又死了只剩下女兒小名可兒長大時生

淂容貌嫋娜性格風流因素与賈家有些瓜葛故结了親许与賈蓉爲妻那秦業至五旬之上方淂了秦鐘因去年業師亡故未暇延請高明之士只暫在家温習舊課正思要和親家去商議送往他家塾中去暫且不致荒廢可巧遇見了宝玉這個机會又知賈家塾中現今司塾的是賈代儒乃當今之老儒秦鐘此去学業料必進益

成名可望因此十分喜悦只是宦囊羞澁那賈家上上下下都是一雙富貴眼睛容易拏不出些兒子的終身大事説不得東併西湊的恭恭敬敬封了二十四兩贄見禮親身帶了秦鐘來代儒家拜見了然後聽寶玉上学之日好一同入塾要知端的下回分解正是

早知日後閑争氣　豈有今朝錯讀書

此頁原缺

第九回

戀風流情友入家塾
起嫌疑頑童鬧學堂

話說秦業父子專候賈家的人來送上學擇日之信原来宝玉急于要與秦鍾相遇却顧不得别的遂擇了後日上學後日請秦相公一早到我家里来會齊了一同前去打發了人送信去至日一早宝玉起来

時襲人早將筆書文物包好收拾停妥坐在床沿上發悶見宝玉醒來只得伏侍他梳洗宝玉見他悶悶的因笑道姐姐你怎么又不自在了難道怪我上學了丟的你你們冷請了襲人笑道這是那裡的話讀書是極好的事不然就潦倒一輩子終究怎么樣呢但只一件讀書之時只想着書不讀書之時想着家裡些些別合他們一處頑頑

磞見老爺不是頑的雖然（說）是奮志要强那
工課寧可少些一則貪多嚼不爛二則身
子也要保重（這）就是我的苦心總旦你可要
体量襲人說一句寶玉應一句襲人又道
大毛衣服我已包好了交出給小子們去
了學裡冷好歹想着添換比不得家裡有
人照看脚炉手炉炭也交出去了你可着
他們添那一起懶賊你不說他們樂得不

動了。寶玉道我都知道，自己都會調停，你放心。但你們可也別悶死在屋裡，也合林妹妹處去頑笑纔好。説着，俱已穿帶齊備。襲人推他去見賈母、王夫人等。寶玉却又囑咐晴雯、麝月等幾句，方出來見賈母。賈母也未免有幾句囑咐，然後又去見王夫人。出來，書房見賈政。偏生這日賈政回家的早，正在書房與清客相公説閒話。忽見宝玉進来請安回道上學里去賈政冷笑道如果再提上學連我也羞死了依我説你竟是頑你的是正理仔細贜了我的地靠贜了我的門衆請客都立起身笑道老世翁何必又如此今日世兄一去二三年可以顯身求名的了断不似往年仍作小兒子態了天也將飯時了世兄快請罢説着竟有兩个年老的携了宝玉出去賈政

因問跟宝玉是誰只聽那边答應了兩声早進来三四個大漢打千兒賈政看时認得是奶姆的三子名換李貴向他説道你們連日跟他上學他到底念了些什么書到念了些湖言混語在肚里學了些精微淘氣等我閒一閒揭了你皮再合那不長進的筭賬嚇得李貴双膝跪地摘下帽子磞頭有声答應是又道哥兒已第三本詩

經什庅呦呦鹿鳴荷葉浮萍小的不敢撒謊
說得滿座烘然大笑起来賈政也掌不住
笑了因說道那怕再念三十本詩經也是
掩耳偷鈴哄人耳目你去請學裡師老爺
安就說我說了什么詩經古文一概不用
虛應故事先把四書講明背熟是要緊的
李貴答應是見賈政無話方退出了此時
宝玉獨站在院外屏氣靜候待他們出来便

忙〻的走了李貴等一面彈了衣服一面
説道哥兒可聽見了不曾先要揭我們的
皮呢人家跟主人賺些体面我們這等奴
才白賠着挨打受罵從此後可憐見些才
好宝玉笑道好哥〻你別委曲我明日請
你李貴道小祖宗誰敢望你請只求聽一
半句話就省了説着又至賈母這边秦鐘
早已来等候了賈母正合他説話兒宝玉

忽然要来辞黛玉，因又忙至黛玉房中来
作辞。彼時代玉総在窓下对鏡理粧，听宝
玉説上學去，因笑道：好，這一去可定是蟾
宫折桂了。我不能送你了。宝玉道：好妹妹，
等我下了學再吃晚飯，和胭脂膏子也等
我来製。劳叨了半日，方起身要出去。黛玉
又叫住，問道：你怎么不去辞你宝姐姐？宝
玉笑而不答，一逕同秦鐘上學去了。原来

這賈家的義學離此不遠不過一里之遥原先始祖所立恐族中子弟有貧窮不能請師爺者即入此學凡族中有官之人皆有供給銀多寡不同為學中之費特請年高有德之人為塾堂專為訓課子弟如今宝玉秦鐘二人都相見拜过先生讀起書来自此後三天五天和自已之重孫一般疼愛因見秦鐘家中不甚寬厚更助些衣

服等物不上一月之工秦鐘在府便熟了宝玉揔是不守分的人一味隨心所欲因此又𤼵了癖性又特向秦鐘悄説咱們二人一樣年紀又是同學以後不必論外姓只論兄弟朋友就是了先是秦鐘不肯當不得宝玉不依只叫他兄弟或叫表字鯨卿秦鐘只得也混着乱叫起来原来这學中雖都是本族之人丁與親戚的子弟俗

語說得好一龍九種種各別未免人多子
就有龍蛇混雜下流人物在內自宝玉二
人来了都生的花朶一般模樣又見秦鐘
腼腆溫柔未語面先紅作女兒之態宝玉
又是天生来慣能小心伏低賠身下氣情
性体貼話語綿纏因此二人更加親厚也怨
不得那些同窗之人起疑心背地里你言
我語滿佈書房原来薛蟠自来王夫人處

住後便知有一家學〻中廣有青年子弟
不免動了龍陽之興假來上學讀書不过
是三日打魚五日晒網白送些束修礼物
與賈代儒却不曾有一些進益只圖結交
些契弟誰想这學內就有好幾个小學生
圖了薛蟠的銀子吃穿被他哄上了手更
又有兩个多情的小學生亦不知是那一
房親眷未知其名姓只因生得嬌媚風流

滿學堂中都給他兩個起了外號一个香憐一个玉愛雖都有竊慕之意將不利於孺子之心只是都懼薛蟠的威勢不敢興心如今宝玉秦鍾二人一来見了他兩個也不免繾綣羡慕亦知係薛蟠相知故未敢軽舉妄動香玉二人心中也一般的留情與宝玉秦鍾因此四人雖有情恋只未敢發跡每日一人學中四處各坐或設言托

意或咏桑寓柳總以心照外面自爲避人
眼目不意偏有幾个滑賊看出形景都背
地里擠眉弄眼或咳嗽揚聲這也不止一日
可巧這日代儒有事早已回家去了又留
下一句七言對聯命學生對明日再來上
書將學中之事又命賈瑞管理妙在薛蟠
如今不大來學中應卯了因此秦鐘趁此
合香憐擠眉弄眼遞暗號二人假粧出小

恭走至後院秦鍾先問他家裡有大人可曾你交朋友不曾一語未了只聽得背後咳嗽了一聲二人唬得忙回頭看時原來是窗友名金榮者香憐本有些性急羞怒相激問道咳嗽什么難道不許人說話不成金榮笑道难道不許我咳嗽不成只問你們有話不明話鬼鬼祟祟的幹什么故事我可也拏住了还硬什么先得讓我抽个

頭兒咱們不言語一聲兒不然就大家奪
起來秦香二人急得飛紅臉便問拏住什
么了金榮笑道我現拏住了是真的說着
又拍手笑道貼得好燒餅你們都不買一
个広秦香二人又氣又急進来向賈瑞前
告金榮無故說壞别人原来这賈瑞最是
个圖便易沒行止之人每在學中以公報
私以勒索子弟們請他後又附助着薛幡

圖些銀子酒肉一任薛幡横行霸道他不
但不去管約反助紂為虐討好偏那薛生
是浮藻心性今日東明日西因近日又有
了新朋友了把香玉二人都丢開了就是金
榮亦是當的朋友自有了香玉二人漸漸棄
了金榮近日連香玉二人亦漸棄了連貫
瑞也無了提携幫襯之人不說薛生得新
棄旧只怨香玉二人不在薛生根前提携

幇
補他因此賈瑞金榮一干人也在醋妒那兩
个今見秦香二人來告金榮賈瑞更不自
在起來雖不好叱秦鐘却拏着香憐作法
反說他多事着寔搶白了几句香怜反討
了沒趣連秦生也訕的各歸坐位去了金榮
越發得了意搖頭咂嘴的口内还說許多
閒話玉愛偏又听了不忿兩个人隔坐咕
ミ唧ミ的角起口來金榮只一口咬定說

方才明〻的他兩个親嘴摸屁股兩个商
議定了一对一肏撅艸棍抽長短誰長
誰幹金榮只顧任意乱說却不防还有別
人誰知早又觸怒了一个你道这是誰原
来是一个名喚賈薔亦係寧府中之正派
玄孫父母亡之後從小兒跟着賈珍過活
如今長了十六歲比賈蓉生的还風流俊
俏他弟兄二人最相契厚常想共處寧府

中人多口雜那些不得志的奴僕們嵩能造言誹謗主人因此不知又有什庅小人流涬滛泳之詞賈珍想亦聞得此口聲不大好自己也要避些嫌疑如今竟分與房舍命賈薔搬出寧府自去立門过話去了這賈薔外相既美内性又聰明揔然應名来上學亦不过虗掩眼目而已仍是閗鷄走狗賞花頑柳從事上有賈珍溺愛下有

賈薔匡助因此族中人誰敢觸逆於他〻既和賈榮最好今見有人欺負秦鐘如何肯依自已要挺身出来報不平心中且忖一番想道金榮賈瑞一干人都是薛大叔的相知向日我又與薛大叔相好倘若我一出頭他們告訴老薛我們豈不傷了和氣待要不管如此謡言説的大家無趣如今何不用計制伏又止口息聲不傷了体

面想畢也粧作出荼至外面悄々的把跟宝玉的書僮名喚茗烟喚到身边如此這般調撥他几句这茗烟乃是宝玉第一淂用的又且年輕不曉世事如々听賈薔說有人欺負宝玉秦鍾心中大怒一想若不給他个利害下回越發狂縱难制了这茗烟無故就要欺壓人的如今聽了这个信又有賈薔助着便一頭進来找金榮也不叫金

相相公了只叫說姓金的你是什么東西賈
薔遂跺一跺靴子故意整〻衣服看〻日
影兒說是时候了遂先與賈瑞說有事要早走
一步賈瑞不敢强他只得隨他去了这裡
茗烟先一把揪住金榮問道我們屁股不
們肏你𣬶〻相干横竪沒們你爹去就罷
了你是好小子出来勲動〻你茗大爺嚇的
滿屋子弟都忙〻的躲在賈瑞身边也有

跑出後院去的此刻賈瑞連忙吆喝茗烟不許撒野金榮氣黄了臉說反了奴才小子都敢如此我只和你主子說便奪手要去抓打宝玉秦鐘二人尚未去時從脳後嗖的一聲早見一方硯瓦飛來並不知是何人打來幸而未打着却又打了傍人的座上这座乃是賈蘭賈菌這賈菌亦係榮府近派的子孫其母亦少寡獨守着賈菌這

賈菌與賈蘭最好所以二人同桌誰知賈菌年紀雖小志氣最大極是淘氣不怕人的他在座上冷眼看見有人暗助金榮打茗烟偏沒打着茗烟都打在他桌上正打在面前一个磁壺上打得粉碎濺了一身黑水賈菌如何依得便罵好囚攮的你們打起我來了么罵着便抓起硯台要打回去賈蘭是个省事的忙按住硯瓦極口劝

道好兄弟不與咱們相干賈菌如何忍得
住便兩手执起書匣子來照着那边打了
去終自身力薄却打不到那里剛到宝玉
桌案上就落下來了只聽一聲响砸在桌
上書本紙片筆硯撒了一桌又把宝玉一
碗茶也砸碎了賈菌便起来要打那一个
飛硯的人金榮隨手抓了毛竹大板在手
他狹多人多乱打乱舞一陣茗烟早吃一下

乱嚷道你們还不動手宝玉还有三个小子豈有不陶氣的一齊乱嚷小婦養的動了兵器了大家都挺起門閂併馬鞭子蜂擁進来賈瑞急了攔回劝一回那些〻人誰听他的話肆行大鬧衆頑童〻趁勢帮着打太平拳助樂的也有胆小的藏在後院静听外边喧鬧也有胆大的站在桌边唱着聲兒吽打的登时間鬧沸起来外边李貴

等几个大漢听得裡边作反起来忙都進来一齊喝住問是何故衆聲不一這一個如此説那一个人如此説李貴且喝罵了茗烟一頓攆了出去秦鐘的頭上早撞在金滎的板子上被打去了一層油皮宝玉正拏掛襟子替他揉呢見喝住衆人便命李貴收拾書匣快拉馬来我回四太爺去我們被人欺負了不敢説别的守礼来告

好洗乃干淨

訴瑞太爺瑞大爺反派我們的不是听着人家罵我們还調撥他們打我們茗烟見人欺負我他豈不為我的他們反打夥兒打了茗烟連秦相公的頭也打破了还在这裡念什么書李貴劝道哥兒不要性急太爺既有事回家去了这回子為这点事聒噪他老人家到顯的咱們無礼依我的主意那里的事那裡結何必驚動老人家

这都是瑞大爺的未是該打的打該罰的罰如何等鬧到这步田地还不管賈瑞道吆喝着都不聽李貴笑道不怕你老人家惱我素日你老人家到底有些不正經所以这些兄弟纔不听就鬧到太爺的跟前去連你老人家也脱不過還不快作主意撒開了罷宝玉道这是為什么我是必回家去的秦生哭道有金榮我是不在这里

念書的宝玉道难有人家来咱們来不得我必回明白衆人攢了金榮去又問李貴金榮是那一房的李貴想道也不用問了說起那一房的便傷了弟兄們的和氣茗烟在窓外道他是東边胡同子裡璜大奶奶的侄兒那是什么硬正杖腰子也来唬我們璜大奶奶是他姑娘你那姑媽只會打旋磨子向我們璉二奶奶跪着借當頭

我就看不起他那主子奶〻李貴忙斷喝道說不止你小爺的知道有这些咀嚼宝玉冷笑道我只當是誰的親戚原来是璜嫂子的侄兒我就去問〻他来說着便要走叫茗烟進来包書茗烟来包着書又淂意道爺也不用自己去見等我去他家就說老太〻有話問他僱上一輛車拉進去當着老太〻問他豈不省事李貴忙喝道

你要死仔細家去我好不好先搥了你然後回老爺太〻就說宝玉全是你調唆的我这里好容易劝哄的好了一半你又来生个新法子你鬧了學堂不說变法兒壓息了纔是到徃大里奮茗烟才不敢作聲了此時賈瑞也生恐鬧大了自已也不干淨只得委曲着来央告秦鍾又央告宝玉先是他二人不肯後来宝玉說不回去也

罢只叫金荣賠不是便罢了金荣先是不肯後来禁不得賈瑞也来逼他去賠不是李貴等只得好劝金荣說原是你起的禍端你不这樣怎得了局金荣强不过只得與秦鐘作了个揖宝玉還不依偏定要磕頭賈瑞只要暫息此事又悄悄的劝金荣磕頭金榮無奈何俗語云

在他門下過怎敢不低頭

此頁原缺

紅樓夢第十回

金寡婦貪利權受辱　張太醫論病細窮源

話說金榮因人多勢衆又兼賈瑞勒令陪了不是給秦鍾磕頭宝王方才不鬧了大家散了李金荣回到家中越相越氣說秦鍾不過是賈榮的小舅子又不是賈家的子孫附李讀書也不過和我一樣他因仗着宝玉和他好他就目中無人他既是这

樣就該行些正經事人也沒的說他素日
又和宝玉鬼〻祟祟的只當人都是瞎子
看不見今日他又去拘搭人偏〻的撞在
我眼睛裡就是鬧出事来我还怕什庅不
成他母親胡氏听見他咕〻唧〻的說因
問道你又要增什庅閑事好容易我望你
姑媽說了你姑媽又千方百計的向他們
西府里的璉二奶〻跟前說了你才淂了

这个念書的地方若不是伏着人家咱們家里还有力量請的起先生况且人家李裡茶也是現成的你这二年在那里念書家裡也省好大的嚼用呢省出来的你又愛穿件鮮明衣服再者不是因你在那里念書你就認得什庅薛大爺了那薛大爺一年不給不給者這二年也帮了咱們有七八十兩銀子你如今要鬧出了这个这李房

再要我这庅一亇地方我告訴你說罢比登天的还难呢你給我老〻实〻的頑一回子睡你的覓去好多着呢于是金榮忍氣吞聲不多一时他自去睡了次日仍就上斈去了不在話下且說他姑娘原聘給的是賈家玉字輩的嫡派名喚賈璜但其族人那里皆能像寧榮二府的富勢原不用細說賈璜夫妻守着些小〻的産業又時

常到寧榮二府里去請〻安又會奉承鳳
姐兒并尤氏所以鳳姐兒尤氏也時常資
助資助他方能如此度日却說这日賈璜
之妻金氏因天氣晴明又值家中無事遂
帶了一个婆子坐上車來家里走〻瞧〻
寡嫂並姪兒閒話之間金榮的母親偏提
起昨日賈家斈房里的那事從頭至尾一
五一十都向他小姑子說了这璜大奶〻

不听則已听了一時怒從心頭起說道这秦鍾小崽子是賈門的親戚难道榮兒不是賈門的親戚人都别持勢利了况且都做的是什庅有臉的好事就是宝玉也不犯向着他到这个田地等我去到東府瞧〻我們珍大奶〻再向秦鍾他姐〻說〻叫他評〻这个理这金榮的母親听了这話急的了不淂忙說道这都是我的

嘴快告訴了姑奶〻求姑奶〻快别去説
去别管他們誰是誰非倘或鬧起来怎庅
在那里站得住若是站不住家里不但不
能請先生反到在他身上添許多嚼用来
呢璜大奶〻听了説道那里管得許多你
等我説了看是怎庅樣也不容他嫂子劝
一面叫老婆子瞧了車就坐上望寧府里
来到了寧府進了車門到了東边小角門

前下車進去見了賈珍的妻尤氏也未敢
氣高聲〻勸〻叙過寒溫說了些閑話方
向道〻日怎麽說見蓉大奶〻尤氏說道
他這些日子不知是怎麽着經期有兩個
多月沒来叫大夫瞧了又說並不是喜那
兩日到了下半天就懶怠動話也懶待說
眼神也發眩我說他且不必拘禮早晚不
必上来你好生養〻罷就是有親戚一家

兒来有我呢就有長輩們怪你等我替你告訴連蓉哥我都囑咐了我説你不許罵掯他不許招他生氣叫他静〻的養〻就好了他要想什庅吃只管到我这里取来倘或我这里沒有只管望你璉二嬸子那里要去倘或他有个好合歹你再要娶这庅一个媳婦这庅个模樣兒这庅个情性的人兒打燈籠也沒地方找去他这為人

行事那个親戚那个一家的長輩不喜歡
他所以我這兩日好不煩心焦的我了不
得偏生〻兒早辰他兄弟来瞧他誰知那
小孩子家不知好歹看見姐〻身上不大
爽快就有事不當告訴他别說这庅一点
子小事就是你受了一萬分的委曲也不
該向他說總是誰知他們昨兒學堂房里打
架不知是那里附學来的一个人欺侮了

他了里頭还有些不乾不净的話都告訴
了他妹〻嬸子你是知道那媳婦的雖則
見了人有說有笑人行事兒他可心細心
又重不拘聽見个什麽話兒都要度三日
五日才罢这病就是打这个秉性上頭思
慮出来的今兒聽見有人欺侮了他兄弟
又是惱又是氣惱的是那羣混賬狗友狐
朋的扯是搬非調三惑四那些人氣的是

他兄弟不學好不上心讀書以致如此學
里吵鬧他听了这事今日索性連早飯没
吃我聽見了我方到他那边慰了他一會
子又勸解了他兄弟一會子我叫他兄弟
到那边府里找宝玉去了我才瞧着他吃
了半盞燕窩湯我才過来了嬸子你說我
心焦不心焦況且如今又没个好大夫我
想到他这个病上我心里到象針扎是的

你你知道有什庅好大夫沒有金氏聽了
这半日話把方才在他嫂子家的那一團
要向秦氏理論的盛氣早嚇的丟在爪窪
國去了聽見尤氏問他有知道的好大夫
的話連忙答道我們这庅聽着實在也没
見人說有个好大夫如今聽起大奶々这
个来定不得还是喜呢嫂子別叫人混治
倘或認錯了这可是了不得的尤氏道可

不是呢正說話之間賈珍從外進来見了金氏便向尤氏問道这不是璜大奶々広金氏向前給賈珍請了安賈珍向尤氏說道讓这大奶々吃了飯去賈珍說着話就過那屋里去了金氏此来原要向秦氏說々秦鍾欺侮了他姪兒的事聽見秦氏病不但不能說亦且不敢提了况且賈珍尤氏又待的狠好反轉怒為喜的又說了一

會子話兒方家去了金氏去後賈珍方過坐下問尤氏道今日他来有什庅說的事情庅尤氏答道到沒說庅一進来的時候臉上到像有些惱的氣色似平靜了你又讓他吃飯他聽見媳婦这庅病也不好意只管坐着又說了几句閒話兒就去了到沒有求什庅事如今且說媳婦这病你到那里尋一个好大夫来給他瞧〻要緊可

別躭悞了現今偺們家走的這羣大夫那里要淂一个都是聽着人的口氣兒人怎広說他也添几句文話兒說一遍可到殷勤的狠三四个人一日輪流着到有四五遍来看脉他們大家商量着立了方子吃了也不見効到弄淂一日換四五遍衣裳坐起来見大夫其寔與病人無益賈珍說道可是这孩子也糊塗何必脫〻換〻的倘

或又着了凉更添一層病那还了得衣裳任憑是什庅好的可又值什庅呢孩子的身子要緊就是一天一套新的也不值什庅我正進来要告訴你方才馮紫英来看我有些抑欝之色問我是这庅了我才告訴他說媳婦忽然身子有好大的不爽快因為不得个好太醫斷不透是喜是病又不知有妨碍無妨碍所以我心裡这两日

着寔着急馮紫英因説起他有個初时從學的先生姓名友士學問最淵博的更兼医理極深且能断人的生死今年是上京給他兒子来捐官現在他家住着呢这庅看来竟是合該媳婦的病在他手里除灾亦未可知我即刻差人那我的名帖請去了々日倘或天晚了不能来明日想来一定来况且馮紫英又即刻回家親自去求

他務必叫他来瞧〻等這个張先生来瞧了再説罷尤氏聽了心中甚喜因説道後日是太爺的壽日到底怎庅辦賈珍説道我方才到了太爺那里去請安兼請太爺来家来受一受一家子的礼太爺因説道我是清净慣了的我不愿意望你們那是非場中去閙去你們必定説是我的生日要叫我去受衆人些〻頭莫過你把我從

前註的陰騭文你給吽人好：的寫出来刻了比吽我無故受衆人的頭还強百倍呢倘或後日這兩日一家子要来你就在家裡好：的欵待他們就是了也不必給我送什庅東西来連你後日也不必来你要是心中不安你今日就給我磕了頭去倘或你後日要来又跟隨多少人来閙我我必和你不依如此説了又説後日我是

再不敢去的了且叫来昇来吩咐他們預備兩日的筵席尤氏因叫人叫了賈蓉来吩咐来昇照舊例預備兩日的筵席要豐〻富〻的你再親自到西府裡去請老太〻太〻二太〻和你璉二嬸子来曠〻再你父親　今日又聽見一个好大夫業已打發人請去了想必明日必来你可將他这些日子的病症細〻的告訴他賈蓉一〻

的答應着出去了正遇着方才馮紫英家去請那先生的小子回來了因回道奴才方才到了馮大爺家拿了老爺的名帖請那先生去那先生說道方才這里大爺也向我說了但是今日拜了一天的客才回到家此時精神實在不能支持就是去到府上也不能看脈他說等調息一夜明日務必到府他又說他醫學淺薄本不敢當此重

荐因我們馮大爺合府上的大人既已如此說了又不淂不去你先代我回明大人就是了大人的名帖着寔不敢當仍教奴才拿回来了哥兒替奴才回一聲兒罢賈蓉復轉身進去回了賈珍尤氏的話方出来叫了来昇来吩咐他預備兩日的筵席話来昇听畢自去照例料理不在話下且說次日午間人回道請那張先生来了賈

珍遂延入大所坐下茶畢方開言道昨承
馮大爺示知老先生人品學問又兼深通醫
斈小弟不勝欽仰之至張先生道晚生粗
鄙下士本知見淺陋昨因馮大爺示大人
家第謙恭下士又承呼喚敢不奉命但毫
無實斈倍增顏汗賈珍道先生何過謙就
請先生進去看〻兒婦仰仗高明以釋下
怀于是賈蓉同了進去到了賈蓉居室見

了秦氏向賈蓉說道这就是尊夫人了賈蓉道正是請先生坐下讓我把賤内的病症說一說再看脉如何那先生道依小弟的意思竟先看過脉再說的為是我是初造尊府的夲也不曉得什庅但是我們馮大爺務必叫小弟過来看看小弟所以不得不来如今看了脉息看小弟說的是不是再将这些日子的病勢講一講大家斟

酌一个方兒可用不可用那時大爺再定奪賈蓉道先生寔在高明如今恨相見之晚就請先生看一看脉息可治不可治以便使家父母放心于是家下媳婦們捧過大迎枕来一面給秦氏拉着袖口露出脉来先生方伸手按在右手脉上調息了至寧神細胗了有半刻的工夫方才換過左手亦復如是胗畢脉息說道我們外边坐

罢賈蓉于是同先生到外間房里床上坐下一个婆子端了茶来賈蓉道先生請茶于是陪先生吃了茶遂問道先生看这脉息还治得治不得張先生道看得尊夫人脉息左寸沉重左関沉伏右寸細而無力右関需而無神其左寸数者乃心氣虚而生火左関沉伏者乃肝家氣滞血虧右寸細而無力者乃肺經氣分大虚右関需而

無神者、乃脾土被肝木尅制、心氣虛而生火者、應現經期不調、夜間不寐、肝家血虧氣滯者、必然脇下疼脹、月信過期、心中發熱、肺經氣分太虛者、頭目不時眩暈、寅卯間必然自汗、如坐舟中、脾土被木尅制者、必然不思飲食、精神倦怠、四支酸軟、據看这脈息、應當有这些症候總对、或以这个脈為喜脈、則小弟不敢從其命也、傍边一个貼身伏侍的婆子道何嘗不是这樣呢真正先生說的如神倒不用我們告訴了如々我們家里現有好幾位太醫老爺瞧着呢都不能說的这広真切有一位說是喜有一位說是病这位說不相干那位說怕冬至揔沒有個真着話兒求老爺明白指示々々那先生笑說道大奶奶这個症候可是那衆位躭擱了要在初次行經的日

朗就用藥治起来不但断無今日之患而且此時已全愈了如今既是把病躭悞到这个田地也是應有此災依我看来这病还有三分治得吃了我的藥看若是夜間睡得着覺那時又添了二分拏手了據我看着脉息大奶奶是个心性高强聪明不過的人聪明特过則不如意的事常有了則思慮太过此病是憂慮傷脾肝木特旺經血

所以不能按時而至大奶從前的行経的日子問一問斷不是常縮必是常長的是不是这婆子荅道可不是從没有縮过或是長二日三日以至十日都長过先生听了道妙阿这就是病源了從前若能个以養心調経之藥服之何至于此这如今明顯出一个水虧水旺的症候来待用藥看看

于是寫了方子遞與賈蓉寫的是

益氣

養榮補脾和肝湯
人參一錢半 黃芪二錢 雲苓二錢 熟地四錢 當歸一錢酒洗
白芍一錢炒 川芎一錢半 黃芪二錢 香附米二錢製 醋柴
胡八分 怀山藥一錢炒 真阿膠二錢蛤粉炒 延胡索錢半酒炒 炙
甘草八分
引用建連子七粒去心 紅棗三枚
賈蓉看了說高明的狠还要請教先生这
病與性命終久有有妨無妨先生笑道大

爺是最高明的人、病到这個地位非一朝一夕的症候吃了这藥也要看縁了依小弟看来今年一冬是不相干的揔过了春分就可望全愈了賈蓉也是個聰明人也不往下細問了于是賈蓉送了先生去了方将这藥方子并脉案都給賈珍看了說的話也都回了賈珍并尤氏了尤氏向賈珍說道從来大夫不像他說的这庅痛快想必用藥也不錯賈珍道人家原不是混飯吃久慣行医的人因為馮紫英我們好容易求了他来既有这个人媳婦的病或者就能好了他那方子上有人参就用前日買的那一斤好的罷賈蓉听畢話方出来吽人打藥去煎給秦氏吃不知秦氏服了此藥病勢如何下回分解

石頭記第十一回

慶生辰寧府排家宴　見熙鳳賈瑞起淫心

話說是日賈敬壽辰賈珍先將上等可吃的東西稀奇些的果品裝了十六大捧盒着賈蓉帶領家下人等與賈敬送去向賈蓉說道你留神看太爺喜歡不喜歡你就行了禮來你說我父親遵太爺的話未敢

来在家裡率領合家都朝上行了禮了賈蓉聽率領家人去了這裡漸〻的就有人来了先是賈璉賈薔到来先看了各處的坐位并問有什麼頑意兒沒有家人答道我們爺原算請太爺今日来家裡所以並未敢預備頑意兒前日聽見太爺又不来了現叫奴才們找了一班小戲兒並一檔子打十番的都在園子裡戲臺上預備着

呢次後邢夫人王夫人鳳姐兒寶玉都来賈珍並尤氏接了進去尤氏的母親已先在這裡呢大家見過了彼此讓了坐賈珍尤氏親自遞了茶因笑說道老太太原是老祖宗我父親又是姪兒這樣日子原不敢請他老人家但是這個時候天氣正凉爽滿園的菊花又盛開請老祖宗過来散散悶看着衆兒孫熱鬧熱鬧是這個意思

誰知老祖宗又不肯賞臉鳳姐兒未等王夫人開口先説道老太〻昨日還説要来著呢因為晚上看著寶玉兄弟他们吃桃兒老人家又嘴饞吃了有大半個五更天的時候就一連起来了兩次今日早晨畧覺身子倦些因叫我回大爺今日斷不能来了説有好吃的要幾様還要很爛的買珍聽了笑道我説老祖宗是愛熱閙的今

日不来必定有個緣故若是這庅着就是
了王夫人道前兒聽見你大妹〻說蓉哥
兒媳婦身上有些不大好到底是怎庅樣
尤氏道他這個病的也奇上月中秋還跟
着老太〻太〻頑了半夜回家来好〻的
到了二十後一日比一日覺懶也懶待吃
東西這將就有半個多月了經期又有二個
多月沒来邢夫人接着說道只怕是喜罷

正說著外頭人回道大老爺二老爺并一家子爺们都来了在廳上呢賈珍連忙出去了這裡尤氏方說道從前大夫也有說是喜的昨日馮子英荐了他從過學的一個先生醫道狠好瞧了說不是喜竟是狠大的一個症候昨日開了方子吃了一劑藥今日頭眩的略好些别的仍是不大怎麽樣見效鳳姐兒道我說他不是十分支持

不住今日這樣的日子他再也不肯不扎
挣着上来尤氏道你是初三日在這里見
他的他還扎挣了半日也是因你們娘兒
二個好的上頭他才戀〻的捨不得去鳳
姐聽了眼圈兒紅了半日半天方说道真
是天有不測風雲人有旦夕禍福這個年
紀倘或就因這個病上怎庅樣了人還活
着有什庅趣兒正說話間賈蓉進来給邢

夫人王夫人鳳姐兒都請了安方回尤氏
道方才我去給太爺送吃食去并回說我
父親在家裡伺候老爺們欵待一家的爺
們遵太爺的話并未敢來太爺聽了甚喜
歡說這才是呌告訴父親母親好生伺候
太爺太々們呌我好生伺候叔々嬸子并
哥々們還說那陰騭文呌急々的刻出來印
一萬張散人我將這話都回了我父親了

我這會淂快出去、打發太爺們並合家爺們吃飯、鳳姐兒說蓉哥兒你且站住你媳婦今日到底是怎麽着、賈蓉歎々眉說道不好麽、嬸子回来瞧々去、就知道了、於是賈蓉出去了、這裡尤氏向邢夫人王夫人道太々們在這裡吃飯呢、還是在園子裡吃去好、小戲兒現預備在園子裡呢、王夫人向邢夫人道、我們索性吃了飯、再過去罷也省好些事邢夫人道狠好于是尤氏就吩咐媳婦婆子快送飯來门外一齊荅應了一聲都各人端各人的去了不多一時擺上了飯尤氏讓邢夫人王夫人并他母親都上坐他與鳳姐兒寶玉側席坐了邢夫人王夫人道我們来原為給太老爺拜壽這不是我们来過生日来了麼鳳姐兒說道大老爺原是好養静的已经修煉

成了也美得是神仙了太〻们這庅一说這就叫作心到神知了一句话说的满屋的人都笑起来于是尤氏的母親並邢夫人王夫人鳳姐兒都吃畢飯嗽了口淨了手才说要往園子裡去賈蓉進来向尤氏说道老爺们並衆位叔〻哥〻兄弟们都吃了飯了大老爺说家裡有事二老爺是不愛聽戲的又怕人鬧的慌都才去了别

的一家子爺们都被璉二叔並薔兄弟都讓
過聽戲去了南安郡王東平郡王西寧郡
王北靜郡王四家王爺並鎮國公牛府等
六家忠靖侯史府等八家都差人持了名
帖送壽禮來俱回了我父親先收在賬房
裡了禮單都上了檔子了老爺領謝的名
帖都交給各來人了各家來人都照舊例
賞了並都讓吃了飯才去了母親該請二

位太〻老娘嬸子都過園子裡坐着去罷
尤氏道也是才吃了飯的就要過去了鳳
姐兒說我回太〻我先瞧〻蓉哥兒媳婦
我再過去王夫人道狠是我们都要去瞧
瞧他到怕他嫌鬧的慌說我们問他好罷
尤氏道好妹〻媳婦聽你的話你去開導
開導他我也放心你快些過園子裡来寶
玉也要跟了鳳姐去瞧秦氏去王夫人道

你看了就過去罷那是侄兒媳婦于是尤氏請邢夫人王夫人并他母親都過會芳園去了鳳姐兒寶玉方和賈蓉到秦氏這邊来了進了房门悄悄的走到裡间房门口秦氏見了就要跕起来鳳姐說快别起来看起猛了頭暈于是鳳姐兒就緊走了二步拉住秦氏手說道我的奶奶怎麽幾日不見就瘦的這麽着了於是就坐在秦氏

坐的褥子上寶玉也问了好坐在對面椅子上賈蓉吁快到茶来嬸子和二叔在上房還未喝茶呢秦氏拉着鳳姐兒的手強咲道這都是我沒福這樣人家公〻婆〻當自已的女孩似的待嬸娘的侄兒雖說年輕却是他敬我〻敬他從来沒有紅過臉兒就是一家子長輩同輩之中除了嬸子到不用說了別人也從無不疼我的也

無不和我好的這如今得了這個病把我那要強的心一分也沒有了公婆跟前未得孝順一天就是嬸娘這樣疼我〻就有十分孝順的心如今也不能彀了我自想着未必熬的過年去呢寶玉正眼瞧着那海棠春睡圖并那秦太虛寫的嫩寒鎖夢因春冷芳氣襲人是酒香的對聯不覺想起在這裡睡晌午覺夢太虛幻境的事來正自

出神聽得秦氏說了這些話如萬箭攢心那眼淚不知不覺就覺流下来了鳳姐兒心中雖十分難過恐怕病人見了衆人這個樣兒又添心酸到不是開導勸解的意思了見寶玉這個樣子因說道寶兄弟你特婆〻媽〻的病人不過是這麽說那裡就到得這步田地了況且能多大年紀的人略病一病兒就這麽想那麽想的這不是

自已到給自已添了病庅賈蓉道他這病也不用别的只是吃得些飲食就不怕了鳳姐兒道寶玉兄弟太々呌你快過去呢你别在這裡只管這庅著到招的媳婦心裡不安太々那裡又掂着你因向賈蓉説道你先同你寶叔過去罷我還略坐一坐兒賈蓉聽説即同寶玉過會芳園来了這裡鳳姐兒又勸解了秦氏一番又低々説了

許多衷腸話兒尤氏打發人請了兩三遍
鳳姐兒才向秦氏說道你好生養着罷我
再來看你合該你這病要好所以前日就
有人薦了這個好大夫來再也是不怕的
了秦氏笑道任憑是神仙也罷治得病治
不得命嬸子我知道我這病不過是挨日
子鳳姐兒說道你只管這麼想着病那裡
能好呢總要想開了才是況且聽得大夫

説若是不治怕的是春天不好如今才九
月半還有四五個月的工夫什麽病治不
好呢偺們若是不能吃人參的人家這也
難説了你公公婆婆聽見治得好你别説
一日二錢人參就是二觔也能彀吃的起
好生養着罷我過園子裡去了秦氏又道
嬸子恕我不能跟過去了閑了時候還求
嬸子常過來瞧瞧我偺們娘兒們坐坐多

說幾遍話兒鳳姐聽了不覺得眼圈兒一紅遂說道得了閒兒必常來看你于是鳳姐兒帶領跟隨來的婆子丫頭並寧府的媳婦婆子們從裡頭繞進園子便門來但見

黃花滿地白柳橫坡小橋通若耶之溪曲徑接天台之路石中清流激湍籬落飄香樹頭紅葉翩翻疏林如畫西風乍

緊初罷鶯啼煖日當暄又添蛩語遥望
東南見幾處依山之榭縱觀西北結三
間臨水之軒笙簧盈耳別有幽情羅綺
穿林倍添韻致

鳳姐兒正是看園中的景致一步步行来
讚賞猛然從假山石後走過一個人来向
前對鳳姐兒說道請嫂子安鳳姐兒猛然
見了將身子往後一退說道這是瑞大爺

不是賈瑞說道嫂子連我也不認得了不是我是誰鳳姐兒道不是不認得猛然一見不想到是大爺到這裡来賈瑞道也是合該我与嫂子有緣我方才偷出了席在這個清淨地方略散一散不想就遇見嫂子也從這裡来不是有緣麼一面說着一面拿眼睛不住的覷着鳳姐兒鳳姐是個聰明人見他這個光景如何不猜透八九

尔呢因向賈瑞假意含笑説道怨不得你
哥〻常提你説你狠好今日見了聽你説
這幾句話兒就知道你是個聰明和氣的
人了這會子我要到太〻們那裡去不得
和你説話兒等閒了偺們再説話兒罷賈
瑞道我要到嫂子家裡去請安又恐怕嫂
子年輕不肯輕易見人鳳姐兒假意笑道
一家子骨肉説什庅年輕不年輕的話賈

瑞聽了這话，再不想今日得這個奇遇，那神情光景亦發不堪，難看了鳳姐兒說道，你快去入席去罷，看他们拿住罰你酒，賈瑞聽了身上木了半邊，慢慢的一面走着，一面回過頭來看，鳳姐故意把腳步遲了些兒，見他去遠了，心中暗忖道這才是知人知面不知心呢，那裡有這樣禽獸樣兒的人呢，他如果如此，幾時叫他死在我手裡，他才知道我的手段於是鳳姐兒方移步前来將轉過一重山坡見二個婆子慌慌張張的走来見了鳳姐兒咲說道我們奶奶見二奶奶只是不来急的了不得叫奴才們又請奶奶来了鳳姐說道你們奶奶就是這麼急脚鬼似的鳳姐兒慢慢的走着問戲唱了有幾齣了那婆子回道有八九齣了說話之間已到了天香樓的後门

見寶玉和一羣丫頭子們那裡頑呢鳳姐兒説道寶兄弟别特淘氣了一個丫頭説道太〻們都在樓上坐着呢請奶〻就從這邊上去罷鳳姐兒聽了款步提衣上了樓見尤氏已在樓梯口等着呢尤氏咲説道你們娘兒二個特好了見了面總捨不得来了你明日搬来和他住着罷你坐下我先敬你一鍾于是鳳姐兒在邢夫人王

夫人前告了坐尤氏的母親前周旋了一
遍仍同尤氏坐在一桌上吃酒聽戲尤氏
吽拿戲单来讓鳳姐兒点戲鳳姐児説道
太〻們這裡我如何敢点邢夫人王夫人
説道我們和親家太〻都点了好幾齣了
你点二齣好的我們聽鳳姐児立起身来
答應了一聲接過戲单從頭看点了一齣
還魂一齣談詞遞過戲单去説現在唱的

雙官誥唱完了再唱這兩齣也就是時候了王夫人道可不是呢也該趁早叫你哥哥嫂子歇歇他們又心裡不靜尤氏說道太太們又不常過来娘兒們多坐會子去才有趣兒天還早着呢鳳姐兒立起身来望樓下一看說爺們都往那裡去了傍邊一個婆子道爺們才到凝曦軒帶了打十番的那裡吃酒去了鳳姐兒說道在這裡

不便易背地裡又不知幹什庅去了尤氏笑道那里都像你這樣正經人呢於是說說笑〻点的戲都唱完了方才撤了酒席擺上飯来吃畢大家才出園子来到上屋坐下吃了茶方才預備車向尤氏的母親告了辭尤氏率同眾姬妾並家下婆子媳婦们方送出来賈珍率領眾子侄都在車傍侍立等候着呢見了邢夫人王夫人說

道二位嬸子，明日還過來瞧瞧，王夫人道
罷了，我们今日整坐了一天，也乏了，明日
歇歇罷，于是都上車去了，賈瑞犹不時拿
眼覷着鳳姐兒，賈珍等進去，後李貴才拉
過馬来寶玉騎上隨了王夫人去了，這里
賈珍同一家子的弟兄子侄吃過晚飯，方
大家散了，次日仍是衆族人等鬧了一日，
不必細説，此後鳳姐兒不時親自来看秦

氏秦氏也有幾日好些也有幾日仍是那樣賈珍尤氏賈蓉好不焦心且說賈瑞到榮府來了幾次偏都遇着鳳姐兒往寧府那邊去了這年正是十一月三十日冬至到交節的那幾日賈母王夫人鳳姐兒日日差人去看秦氏回來的人都說這幾日也未見添病也未見甚好王夫人向賈母說這個症候遇着這樣大節不添病就有

好大的指望了賈母道可是呢好個孩子要是有些緣故可不叫人疼死說著一陣心酸叫鳳姐兒說道你們娘兒二個也好了一場明日大初一過了明日你後日再去看看他去你細細的瞧瞧他那光景倘或好些兒你回來告訴我我也喜歡喜歡那孩子素日愛吃的東西你也常叫人做些与他送過去鳳姐兒一一的答應了到了

初二日吃了早飯來到寧府看見秦氏的病雖未甚添但是那臉上身上的肉全瘦乾了於是合秦氏坐了半日說了些閑話兒又將這病無妨的話開導了一番秦氏說道好不好春天就知道了如今現過了冬至又沒怎麽樣或者好的了也未可知嬸子回老太〻太〻放心罷昨日老太〻賞的那棗泥餡的山藥糕我到吃了二塊

到像魁化的動似的鳳姐兒説道明日再給你送來我到你婆〻那裡瞧〻就要趕著回去回老太〻的話去秦氏道嬸子替我請老太〻的安罷鳳姐兒答應著就出來了到尤氏上房坐下尤氏道你冷眼瞧媳婦是怎麽樣鳳姐兒低了半日頭説道這實在的没法了你也該將他一應的後事用的東西也該料理料理冲一冲也將

尤氏道我也瞎々的呌人預備了就是那
件東西不得将木頭暫且慢々的辦罷于
是鳳姐兒吃了茶說了一會子話兒說道
我要快回去回老太々的話去呢尤氏說
道你可緩々的別嚇着老太々鳳姐兒說
道我知道於是鳳姐兒就回來了到了家
中見了賈母說蓉哥兒媳婦請老太々安
給老太々磕頭說他好些了求老祖宗放

心羅他再略将些還要給老祖宗磕頭請
安来呢賈母道你看他是怎庅樣鳳姐兒
說暫且無妨精神還将呢賈母聽了沉音
了半日回向鳳姐兒說你換〻衣服歇〻
去羅鳳姐兒答應着出来見過了王夫人
到了家中平兒将烘的家常衣服給鳳姐
兒換了鳳姐兒方坐下問道家里有什庅
事庅平兒方端了茶来逓了過去說道沒

有什庅事就是那三百銀子的利銀旺兒媳婦送進来我收了再有瑞大爺使人来打聽奶〻在家没有他要来請安説話鳳姐兒聽了哼了一聲説道這畜生合該作死看他来了怎庅樣平兒回道這瑞大爺是因為什庅只管来鳳姐兒遂將九月裡在寧府園子裡遇見他的光景他説的話都告訴了平兒〻〻説道癩蝦蟆想天鵝

肉吃沒人倫的混賬東西起這個念頭叫他不得好死鳳姐兒道等他來了我自有道理不知賈瑞來時作何光景

石頭記第十二回

王熈鳳毒設相思局
賈天祥正照風月鑑

話說鳳姐正與平兒說話忽見有人回說瑞大爺来了鳳姐忙令快請進来賈瑞見請進裡邊心中喜出望外急忙進来見了鳳姐滿面陪笑連〻问将鳳姐也假意殷勤讓茶讓坐賈瑞見鳳姐如此打扮亦發

酥倒因餳了眼問道二哥〻怎麽還不回来鳳姐道不知什麽緣故賈瑞笑道別是在路上有人絆住了脚捨不得回来了未可知鳳姐道也未可知男人家見一個愛一個也是有的賈瑞笑道嫂子這話説錯了我就不這樣鳳姐笑道像你這樣的人能有幾個呢十個裡也挑不出一個来賈瑞聽了喜的抓耳撓腮又道嫂〻天〻也

悶的狠鳳姐道正是呢只盼個人来說話
解〻悶兒賈瑞笑道我到天〻閒著天〻
過来替嫂子解〻悶可好不好鳳姐笑道
你哄我呢你那里肯往我這裡来賈瑞道
我在嫂子跟前若有一点謊話天打雷劈
只因素日聞得人說嫂子是個利害人在
你跟前一点也不敢錯所以唬住我如今
見嫂子最是有說有笑極疼人的我怎麽

不来死了也願意的鳯姐笑道果然你是
明白人比賈蓉薔兩個强遠了我看他那樣
清秀只當他们心裡明白誰知竟是兩個
胡塗虫一点不知人心賈瑞聽了這話越
發撞在心坎上由不得往前湊了一湊覷
着眼看鳯姐帶的荷包然後又問帶什么
戒指鳯姐悄悄道放尊重些别叫丫頭们
看見笑話賈瑞如聽了觀音佛一般忙往

後退鳳姐笑道你該去了賈瑞道我再坐一坐兒好狠心的嫂子鳳姐又悄悄的道大天白日人来人往你就在這裡也不方便你且去等着晚上起了更你来悄悄的在西邊穿堂兒裡等我賈瑞聽了如得珍寶忙问道你别哄我但只那裡人過的多怎么好躲的鳳姐道你只管放心我把上夜的小厮们都放了假两邊门一關再沒

別人了賈瑞聽了喜之不禁忙忙的告辭
而去心內以為得手盼到晚上果然黑地
裡摸入榮府趁掩門時鑽入穿堂果見漆
黑無人往賈母那邊去的門戶已鎖到只
有向東的門未關賈瑞側耳聽着半日不
見人來忽聽咯噔一聲東邊的門也關了
賈瑞急的也不敢則聲只悄悄的出來將
門撼了撼關的鐵桶一般此時要求出去

出不能勾南北皆是大房墻要跳出無攀援這屋内又是過门風空落〻現是臘月天氣夜又長朔風凛〻侵肌裂骨一夜幾乎不曾凍死好容易盼到早辰只見一個老婆子先將東门開了進来去叫西门賈瑞瞧的背着臉一溜烟抱着肩跑出幸而天氣尚早人都未起從後门一迳跑回家去原来賈瑞父母早亡只有他祖父代儒

教養那代儒素日教訓最嚴不許賈瑞多走一步生怕在外吃酒要錢有悮學業今忽見他一夜不歸只料定在外非飲即賭嫖娼宿妓那裡想到這斷公案因此氣了一夜賈瑞也捻着一把汗少不得回來撒謊只說往舅〻家去了見天黑了留我住了一夜代儒道自來出门非禀我不敢擅出如何昨日私自去了據此亦該打何況

是撒謊因此發狠打了三四十板還不許吃早飯令跪在院內讀文章定他補出十天的工課來方罷賈瑞直凍了一夜今又遭了苦打且餓着肚子跪在風地裡讀文章其苦萬狀此時賈瑞前心猶未改再不想到是鳳姐捉弄他的過後兩日得了空便仍來找尋鳳姐〻〻故意抱怨他失信賈瑞急的賭身發誓鳳姐因見他自投羅網

少不得再尋别計令他知改故又約他道今日晚上你别在那裡了你在我這房後小過道裡那間空屋子裡等我可别冒失了賈瑞道果然鳳姐道誰可哄你々不信就不用來賈瑞道來々來就死也要來鳳姐道這會子你先去罷賈瑞料定晚間必要此時便先去了鳳姐這會子自然要點兵派將設下圈套那賈瑞只盼不到晚上

偏生家裡又有親戚来了直吃了晚飯纔
去那天已有掌燈時分只等他祖父安歇
了方溜進榮府直往那夾道中屋子裡来
等着就像那熱鍋上的螞蟻一般只是干
思百想專等個人来等了半日人影兒沒
一個耳聽〻連聲音都沒有心下自思道
別是又不来了又凍我一夜不成正自胡
猜只見黑魆〻的来了一個人賈瑞便想

定是鳳姐不管皂白餓虎一般等那人剛
至门前便如猫捕鼠的一般抱住叫道我
的親嫂子等死我了說着便抱到屋裡炕
上就親嘴扯褲子滿口裡親娘親爹的亂
叫起來那人只不作聲賈瑞扯了自已的
褲子硬帮帮的就想頂入忽見燈光一閃
只見賈薔舉着火紙捻子照到问道誰在
這屋裡只見炕上那人笑道瑞大叔要臊

我呢賈瑞一見却是賈蓉直臊的無地可入不知要怎麽樣纔好回身就要跑被賈薔一把揪住道別走如今璉二嬸已經告到太〻跟前了說你無故調戲他〻暫用了個脱身計哄你在這邉等着太〻氣死過去因此叫我拏你剛纔你又攔我住他沒的說跟我去見太〻罷賈瑞聽了魂不付體只說好姪兒只說沒有見我明日我重

重的謝你賈薔道你若謝我放你不值什麽只不知謝我多少況且口説無憑須得寫一文契来賈瑞道如何落紙呢賈薔道這也不妨寫一個賭錢輸了外人的賬目借頭家銀子若干兩便罷賈瑞道這也容易只是此時無紙筆賈薔道這也容易説畢翻身出来紙筆現成拏来命賈瑞寫他兩個作好作歹只寫了五十兩然後畫

了押賈薔收起来然後衛羅賈蓉〻〻先咬定牙不依只說明日告訴族中的人評〻理賈瑞急的只是叩頭賈薔又道如今要放你我担着不是老太〻那门早已關了老爺正在廳上看南京的東西那一路定難過去如今只好走後门若這一走倘或遇見了人連我也完了等我们先去哨探〻〻再来領你這屋裡你還藏不得少時就来

推東西等我尋個地方說畢拉着賈瑞仍
息了火出至院外摸着大台磯底下說道
這窩兒裡好你只蹲着別哼一聲兒等我
們来再動說畢二人去了賈瑞此時身不
由已只得蹲在那里心下正盤筭只聽頭頂
上一聲响嗗拉〻一淨桶尿糞從上面直
潑下来可巧澆了他一頭一身賈瑞掌不
住噯喲了一聲忙又掩住口不敢聲張滿

臉渾身皆是屎尿冰冷打战只見賈薔跑
来叫快走々々賈瑞如得了命一般三步兩
步從後门跑到家裡天已三更只得叫開门
人見他這般光景便問是怎么的少不得
扯謊説黑了失足掉在毛厠裡了一面到了
自己房中更衣洗濯心方想到是鳳姐頑他因
此發一恨再想々鳳姐的模樣兒又恨不得
一時摟在懷内一夜竟不曾合眼自此滿心

想鳳姐只不敢往榮府去了賈薔賈蓉兩
個常〻的来索銀子他又怕祖父知道正
是相思尚且難禁更又添了債務日間工
課又緊他二十来歲的人尚未娶過親近
来想着鳳姐未免有那指頭告兒告了消
乏等事更兼兩日氣惱又多此皆自遭之
禍因此幾路夾攻不覺就淂了一病心內
發膨脹口中無滋味腳下如綿眼中如醉

黑夜作燒白晝常倦下溺流精嗽痰帶血諸如此症不上一年都添全了于是不能支持一頭睡倒合上眼還只夢魂顛倒滿口說胡話驚怖異常百般請醫調治諸如肉桂附子鱉甲麥冬玉竹等藥吃了有幾十斤下去也不見了動靜忽又臘盡春回這病更又沉重代儒也着了忙各處請醫治療皆不見效因後来吃獨參湯代儒如

何有這力量只得往榮府來尋王夫人命鳳姐拜二兩給他鳳姐回說前兒新近都替老太太配了藥那整的太太又說留着送楊提督的太太配藥偏生昨兒我已送了去了王夫人道就是偺們這邊没了你打發往你婆婆那邊問問或是你珍大哥哥那府里再尋些來湊着給人家吃好了救人一命也是你的好處鳳姐聽了也不

遣人去尋只得将些渣末泡鬚湊了錢命人送去只説太〻送来的再也没了然後回王夫人只説都尋了来共湊了有二兩送去了再説那賈瑞此時要命心勝無藥不吃只是白花了錢不見效忽然這日有個跛足道人来化齋口稱專治寃業之症賈瑞偏生在内聽見了直著聲叫喊説快請進那位菩薩来救命一面叫一面在枕

上叩首眾人只得帶了那道士進來賈瑞一把拉住連叫菩薩救我那道士嘆道你這病非藥可醫我有個寶貝與你々天々看時此命可保矣說畢從搭連中取出一面鏡子來兩面皆可照人鏡把上面鏨著風月寶鑑四字遞與賈瑞道這鑑出自太虛幻境空靈殿上警幻仙子所製專治邪思妄之症有濟世保生之功所以帶他到

世間单與那些聰明傑俊風雅王孫等看照千萬不可照正面只照他的背面要緊要緊三日後我来收取管教他好了說畢佯常而去眾人苦留不住賈瑞收了鏡子想到這道士到有些意思我何不照一照試〻想畢拏起風月寶鑑来向反面一照只見一個骷髏立在裡面唬得賈瑞連忙掩了罵道士混賬如何唬我〻到再照〻

正面是什么想着又將正面一照只見鳳姐站在裡面招手叫他賈瑞心中一喜蕩悠々的覺得進了鏡子與鳳姐雲雨一番鳳姐仍送他來到了床上嗳喲了一聲一睜眼鏡子從手內吊過來仍是反面立著一個骷髏賈瑞自覺汗津々的底下已遺了一灘精到底不足又翻過正面來只見鳳姐還招手叫他々又進去如此三四次到

了這次剛要出鏡子来只見兩個人走来
拏了鉄鎖把他套住拉了就走賈瑞叫道
讓我拏了鏡子再走只說得這句就再不
能說話了傍邊伏侍賈瑞衆人只見他先
還拏鏡子照落下来仍睜開眼拾在手內
已後鏡子落下来便不動了衆人上来看
時已沒了氣了身子底下冰涼漬濕一大
灘精這纔忙着穿衣抬床代儒夫婦哭的

死去活来大骂道士是何妖镜若不早燬
此物遺害於世不小遂命架火来燒只聽
鏡内哭道誰叫你们瞧正面了你们自已
以假為真何苦来燒我正哭着只見那瘸
足道人從外跑来喊道誰敢燬風月寶鑑
我来救也説着直入中堂搶入手内飄然
去了當下代儒料理喪事各處去報喪三
日起經七日發引寄靈於鐵鑑寺日後帶

回原籍當下賈家衆人齊来吊問榮國府
賈赦贈銀二十兩賈政亦是二十兩寧國
府賈珍亦有二十兩別者族中人貧富不
一或三兩或五兩不可勝數外另有各同
窓家亦資也有二三十兩代儒家道雖然
淡薄到也豐富完了此事家中狠可度日
再講這年冬底兩淮林如海的書信寄来
却為身染重疾寫書

此頁原缺

石頭記第十三回

秦可卿死封龍禁尉

王熙鳳協理寧國府

話説鳳姐自賈璉送黛玉往揚州去後心中實在無趣每到晚間不過和平兒説笑一回就胡亂睡了這日夜間正和平兒燈下擁爐倦繡早命濃薰繡被二人睡下屈指筭行程該到何處不知不覺已交三鼓

平兒已睡熟了鳳姐方覺星眼微朦恍惚
只見秦氏從外走了進来含笑說道嬸〻
好睡我今日回去你也不送我一程因娘
兒們素日相好我捨不得嬸〻故来别〻
還有一件心願未了非告訴嬸〻别人未
必中用鳳姐聽了恍惚問道有何心願你
只管托我就是了秦氏道嬸〻你是個脂
粉隊裡的英雄連那些束帶頂冠的男子

也不能過你〻如何連兩句俗語也不曉
得常言月滿則虧水滿則溢又道是登高
必跌重如今咱們家赫〻揚〻已將百載
一日倘或樂極生悲若應了那句樹倒猢
猻散的俗話豈不虛稱了一世的詩書舊
族了鳳姐聽了此話心胸大快十分敬畏
忙問道這話慮的極是但有何法可以永
保無虞秦氏冷笑道嬸〻你好癡也否極

泰来榮辱自古週而復始豈人力可保常的但如今能于榮時籌畫下将来衰時的世業亦可謂保常的了即如今日諸事都妥只有兩件未妥若把此事如此以行則後日可保永全了鳳姐但問何事秦氏道目今祖塋雖四時祭祀只是無一定的錢糧第二件家塾雖立無一定供給依我想来如今盛時固不缺祭祀供給但将来敗

落之時此二項有何出處莫若依我定見趁今日富貴將祖塋附近多置田庄房舍地畝以備祭祀供給之費皆出處將家塾亦設于此合同族中長幼大家定了則例日後按房管這一年的地畝錢糧祭祀供給之事如此週流又無爭競亦不能有典賣諸弊便是有了罪凡物皆可入官這祭祀產業連官也不入的便落下來子孫回

家讀書務農也有個退步祭祀又可永繼
若目今以為榮華不絕不思後日終非常
策眼見不日又有一件非常喜事真是烈
火烹油鮮花着錦之盛要知道也不過是
瞬息的繁華一時的歡樂萬不可忘了那
盛筵不散的俗語此時若不早為後慮臨
期只恐後悔無益了鳳姐忙問有何喜事
秦氏道天機不可洩漏只是我与嬸〻好

了一場，臨别贈你兩句話，須要記著。曰念道：

三春去後諸芳盡，各自須尋各自门。

鳳姐還欲問時，只聽二门上傳事的雲牌叩了四下，正是報喪，曰將鳳姐驚醒。人回話：東府蓉大奶奶沒了。鳳姐聞聽，嚇了一身冷汗，出了一回神，只得忙忙的穿衣，往王夫人處來。彼時合家皆無不納罕，都有些疑心那長一輩的想他素日孝順平一輩的想他素日和睦親密下一輩的想他素日慈愛以及家中僕從老小想他素日憐貧惜賤慈老愛幼之恩莫不悲嚎痛哭者閑言少敘却說寶玉因近日林黛玉回去剩得自己孤恓也不和人頑耍到晚間便索然睡了如今從夢中聽見說秦氏死了連忙翻身爬起來只覺心中似戳了一

刀的忍不住哇的一聲真唚出一口血来
襲人等慌了忙上来攙扶問是怎庅樣了
又要回賈母来請大夫寶玉笑道不用忙
不相干這是急火攻心血不歸经説着便
爬起来要衣服穿了来見賈母即時要過
去襲人見他如此心中雖放不下又不敢
攔只得由他罷了賈母見他要去因説纔
嗽氣的那裡不干淨二則夜裡風大等明

早再去不遲寶玉那裡肯依賈母命人預備車多派跟從人役擁護前來一直到了寧國府門洞開兩邊的燈籠照如白晝亂烘烘人來人往裡面哭聲搖山振岳寶玉下了車忙忙奔至停靈之室痛哭一番然後見過尤氏誰知尤氏正犯了胃氣疼舊疾睡在床上然後又出來見賈珍彼時賈代儒賈代修賈敕賈效賈敦賈赦賈政賈

琮賈瑞賈珩賈珖賈璟賈瓊賈璘賈薔賈菖賈荽賈芸賈芹賈蓁賈萍賈藻賈蘅賈芬賈芳賈蘭賈菌賈芝等，都來了。賈珍哭的淚人一般，正合賈代儒等說道：合家大小遠親近友誰不知我這媳婦比兒子還強十倍？如今伸腿去了，可見這長房內絕滅無人了！說着又哭起來。衆人忙勸道：人已辭世，哭也無益，且商議如何料理要緊。

賈珍拍手道如何料理不過儘我所有罷了正說着只見秦業秦鍾並尤氏的幾個眷屬尤氏姊妹也都来了賈珍便命賈瓊賈琮賈璘賈薔四個人去陪客一面吩咐去請欽天監陰陽司来擇日擇準挺靈七七四十九日後開喪送訃聞這四十九日單請一百單八衆禪僧在大廳上拜大悲懺超度前亡後化諸魂以免亡者之罪另

設一壇于天香樓上是九十九位金真道
士打四十九日解冤洗業醮然後挺于會
芳園中靈前另外五十衆高僧五十位高
道對壇按七作好事那賈敬聞得長孫媳
婦死了因為自己早晚就要飛昇如何肯
又回家染了紅塵將前功盡棄以此並不
在意只憑賈珍料理賈珍見父親不管亦
發恣意奢華看板時幾副杉木板皆不中

意可巧薛蟠来弔問囙見賈珍尋好板便
説道我們木店裡有一副板叫做什庅檣
木出在潢海鐵網山上作了棺木萬年不
壞這還是當年我的父親帶来原係忠義
親王老千歲要的因他壞了事就不曾拿
去現在還封在店裡也沒人出價敢買你
若要就擡来便罷賈珍聽説喜之不盡即
命人抬来大家看時只見帮皆厚八寸紋

如檳榔味若檀麝以手扣之玎璫如金玉大家都奇異稱賞賈珍笑問價值多少薛蟠笑道拿一千兩銀子来只怕也沒處買去什麼價不價賞他們幾兩工錢就是了賈珍聽說忙謝不盡即命解鋸糊漆賈政因勸道此物恐非常人可享者殮上一等杉木也就是了此時賈珍恨不得代秦氏之死這話如何肯聽因忽又聽得秦氏之

丫環名喚瑞珠者見秦氏死了他也觸柱而亡此事可罕合族人也都稱嘆賈珍遂孫女之禮殮殯一並停靈於會芳園中之登仙閣內小丫環名寶珠者因秦氏身無所出乃甘心願為義女誓任摔喪駕靈之任賈珍喜之不盡即時傳下從此呼寶珠為小姐那寶珠按未嫁女之喪在靈前哀哀欲絕于是合族人丁並家下諸人都各

遵舊制行事自不得紊亂賈珍曰想着賈
蓉不過是個黌門監生靈旛經榜上寫時
不好看便是首七第四日早有大明宮掌
宮内相戴權先備了祭禮遣人送来次後
坐了大轎打傘鳴鑼親来上祭賈珍忙接
着讓至逗蜂軒献茶賈珍心中打筭定了
主意因而趂便就説要与賈蓉蠲個前程
的話戴權會意因笑道想是喪礼上風光

些賈珍忙笑道老内相所見不差戴權道事到湊巧正有個美缺如今三百員龍禁尉短了兩員昨兒襄陽侯的兄弟老三来求我現拿了一千五百兩銀子送到我家裡你是知道的偺們都是老相與不拘怎麽樣看著他爺〻的分上胡亂應了還剩了一個缺誰知永興節度使馮胖子来求我要与他孩子蠲我就沒工夫應他既是

偺们孩子要躅快寫了履歷来賈珍聽説
忙吩咐快命書房裡恭〻敬〻寫了大爺
的履歷来小廝不敢怠慢去了一刻便拿
了一張紅紙来與賈珍〻〻看了忙送与
戴權〻〻看時上寫道江寧府江寧縣監
生賈蓉年二十歲曾祖原任京營節度使
世襲一等神威將軍賈代化祖乙卯科進
士賈敬父世襲三品爵威烈將軍賈珍戴

權看了回手便遞于一個貼身的小廝收
了說道回來送与戶部堂官老趙說我拜
上他起一張五品龍禁尉的票再給個執
照把履歷填上明兒我來兌銀子送去小
廝荅應了戴權也就告辭了賈珍十分款
留不住只得送出府門臨上轎賈珍因問
銀子還是我到部兌還是一并送上老內
相府中戴權道若到部裡你又吃虧了不

如口平准一千二百两銀子送到我家就完了賈珍感謝不盡只説待服滿後親代小犬到府叩謝於是作別接着便有吆喝道之聲原来是忠靖侯史鼎的夫人来了王夫人邢夫人鳳姐等剛迎入上房又見錦鄉侯川寧侯壽山伯三家的祭禮擺在靈前少時三人下轎賈政等忙接上大廳如此親朋你来我去也不能勝数只這四十

九日寧國府街上一條白漫漫人来人往花簇簇官去官来賈政命賈蓉次日換了吉服領憑回来靈前供執事等物俱按五品職例靈牌疏上皆寫天朝誥封賈门秦氏恭人之靈位會芳園臨街大门洞開旋在兩邊起了鼓樂廳兩班青衣奏樂一對對執事擺的刀斬斧齊更有兩面硃紅銷金大字牌豎在门外上面大書

防護
內廷紫禁道
御前侍衛龍禁尉

對面高起着宣壇僧道對壇榜文上大書世襲寧國公冢孫婦防護內庭御前侍衛龍禁尉賈門秦氏恭人之喪四大部州至中之地奉天永建太平之國總理虛無寂靜教門僧錄司正堂萬虛總理元始三清教門道錄司正堂葉生等敬謹修齋朝天

叩佛以及恭請諸伽藍揭諦功曹等神聖恩普錫神威鎮四十九日消災洗業平安水陸道場等語亦不消煩記只是賈珍雖然此時心滿意足但裡面尤氏又反了舊疾不能理事務惟恐各誥命來往虧了禮數怕人笑話因此心中不得自在當下正憂慮時因寶玉在側問道事事都算安貼了大哥哥還愁什麽賈珍見問便將裡面

無人的話説了出来寶玉聽説笑道這有何難我薦一個人与你權理一個月的事管必妥當賈珍忙問是誰寶見坐間還有許多親友不便明言走至賈珍耳邊就説了兩句賈珍聽了喜不自禁連忙起身笑道果然妥貼如今就去説着拉了寶玉辭了衆人便往上房裡来可巧這日非正經日期親友来少裡面不過幾位近親堂客

邢夫人鳳姐並族中的內眷陪坐聞人報大爺進來了唬的衆人婆娘唿的一聲往後藏之不迭獨鳳姐款款的站了起來賈珍此時也有些病症在身二則過於悲痛了因拄了拐踱了進來邢夫人等說道你身上不好又連日事多該歇歇纔是又進來作什麽賈珍一面扶拐扎掙着要蹲身跪下請安道乏邢夫人等忙教寶玉攙住

命人挪椅子来与他坐賈珍斷不肯坐因
勉强陪笑道侄兒進来有一件事要求二
位嬸〻并大妹〻邢夫人等忙问什庅事
賈珍忙笑道嬸〻自然知道如今孫子媳
婦沒了侄兒媳婦偏又病倒我為裡頭著
寔不成個体统怎庅屈尊大妹〻一個月
在這裡料理〻〻我就放心了邢夫人笑
道原来為這個你大妹〻現在你二嬸〻

家只和你二嬸〻說就是了王夫人忙道
他一個小孩子家何曾經過這些事倘或
料理不来反叫人笑話到是煩別人的好
賈珍笑道嬸〻意思侄兒猜着了是怕大
妹〻勞苦了若說料理不開我保管必料
理的開便是錯一点兒別人看着還是不
錯的從小兒大妹〻頑笑著就有殺伐決
斷如今出了閣又在那府裡邉事越發歷

四五二

綀老成了我想了這幾日除了大妹〻再無人了嬸〻不看侄兒〻〻媳婦的分上只看死了的分上罷說着滾下泪來王夫人心中怕的是鳳姐兒未經過喪事怕他料理不清惹人耻笑今見賈珍苦〻的說到這步田地心中已活了幾分却又眼看着鳳姐出神那鳳姐素日最喜攬事辦好賣弄才幹雖然當家妥當也因未辦過婚

喪大事恐人還不服巴不得遇見這事今日賈珍如此一来他心中早已歡喜先見王夫人不允後見賈珍説的情真王夫人有活動之意便向王夫人道大哥〻説的這么懇切太〻就依了羅王夫人悄〻的道你可能么鳳姐道有什么不能的外面的大事已经大哥〻料理清了不過是裡頭照管〻〻便是我有不知道的問〻太〻

四五四

就是了王夫人見說的有理便不則聲賈
珍見鳳姐允了又陪笑道也管不得許多
了橫豎要求大妹〃辛苦〃〃我這裡先
與妹〃行禮等事完了我到那邊府裡去
謝說着就作揖了鳳姐兒還礼不迭賈珍
便向袖中取了寧國府對牌出來命寶玉
遞于鳳姐又說妹〃愛怎樣就怎樣要什
么只管拏這牌取去也不必問我只求别

存心替我省錢只要將看為上二則也要
同那府裡代人一樣纔將不要存心怕人
抱怨只這兩件外我在沒不放心的了鳳姐
不敢就接對牌只看着王夫人王夫人道
你哥〻既這么說你就照看照看罷了只
是別自作主意有了事打發人問你哥〻
嫂子要緊寶玉早向賈珍手内接過對牌
來強遞与鳳姐了又問妹〻還是住在這

裡還是天〻來呢若是天〻來越發辛苦了不如我這裡趕著收拾出一個院落來妹〻住過這幾日到安穩鳳姐笑道不用那邊也離不得我到是天〻來的好賈珍聽說只得罷了然後又說了一回閒話方纔出去一時女眷散後王夫人因問鳳姐你今兒怎么樣鳳姐兒道太〻只管請回去我須得先理一個頭緒出來纔回去得

呢王夫人聽説便同邢夫人等回去不在話下這裡鳳姐兒來至三間一所抱廈内坐了因想頭一件事是人口混雜遺失東西第二件事無專執臨期推委第三件需用過費濫支冒領第四件任無大小苦樂不均第五件家人豪縱有臉者不能服鈐束無臉者不能上進此五件實是寧國府中風俗不知鳳姐如何處治且聽下回

正是

金紫萬千誰治國　裙釵一二可齊家

石頭記第十四回

林如海捐館揚州城
賈寶玉路謁北靜王

話說寧國府中都總管來昇聞得裡面委請了鳳姐因傳齊了同事人等說道如今請了西府裡璉二奶〻管理內事倘或他來支取東西或是說話我們須要比往日小心些每日大家早來晚散寧可辛苦這

一個月過後再歇着不要把老臉丢了那
是個有名烈貨臉酸心硬一時惱了不認
得人的衆人都道有理又有一個笑道論
理我們裡面也須得他来整理〻〻都特
不像了正說着只見来旺媳婦拏了對牌
来領取呈文京榜紙劄票上批着数目衆
人連忙讓坐倒茶一面命人按數取紙来
抱着同来旺媳婦一路行来至儀门口方

交與来旺媳婦自已抱着進去了鳳姐命彩明訂造簿冊印時傳来昇媳婦進来兼要家口花名冊来查看又限于明日一早傳齊家人媳婦進来聽差等話大槪点了一点數目單冊問了来昇媳婦幾句話便坐車回家一宿無話至次日卯正二刻便過来了那寧國府中婆娘媳婦聞得到齊只見鳳姐正与来昇媳婦分派衆人不敢

擅入只在窗外听覷只聽鳳姐和来昇媳
婦説道既托了我〻説不得要討你们嫌
了我可比不得你们奶〻好性兒由着你
们去再不要説你们這府裡原是這樣的
話如今可要依着我行錯我半点兒管不
得誰是有臉的誰是沒臉的一例現請白
處治説着便吩咐彩明念花名冊按名一
個一個的喚進来看視一時看完便又吩

咐道這二十個分作兩班十個每日在裡
頭單管人來客往側茶別的事不用他們
管這二十個也分作兩班每日單管本家親
戚茶飯別的事也不用他們管這四十個
人也分作兩班單在靈前上香添油掛幔
守靈供飯供茶隨起舉哀別的事也不與
他相干這四個人單在內茶房收管盃碟
茶器若少一件便叫他四個人賠這四個

人単管酒飯器皿若少一件也是他四個人賠這八個単管監收祭禮這八個人単管各處燈油蠟燭紙劄我總支了来交与你八人然後按我的定數再往各處去分派這三十個人每日輪流各處上夜照管门户監察火燭打掃地方這下剩的按着房屋分開某人守某處々々所有棹椅古董起至于痰盒撣帚一草一苗或丢或壞

就和守這幾處的人算賬均賠来昇家的
每日攬總查看或有偷懶賭錢吃酒打架
办嘴等事刻来回我你要徇情经我查出
三四輩子的老臉就顧不成了如今都有
了定規以後那一行亂了只和那一行說
話素日跟我的人隨身自有鐘表不論大
小事我是皆有一定的時辰橫竪你們上
房裡也有時辰鐘卯正二刻我来点卯已

正吃早飯仍有領牌回事的只在午初刻
戌初燒過黄昏紙我親到各處查一遍回
來上夜的交明鑰匙第二日仍是卯正二
刻过來說不得偺們大家辛苦這幾日罷
事完了你們家大爺自然賞你們說畢又
吩咐按數發與茶葉燈油雞毛撣子笤帚
等物一面又搬取傢伙棹圍椅搭坐褥毡
蓆痰盒脚踏之類一面交發一面提筆登

記某人管某處某人領某物開得十分清楚眾人領了去也都有了投奔不似先前只揀便宜的作剩了苦差沒個招攬各房中也不能趁亂失迷東西便是人來客往也都安靜了不比先前一個正摔茶又去端飯正陪舉哀又顧接客如這些無頭緒荒亂推托偷閑竊取等弊次日一概蠲了鳳姐兒見自己的威重令行心中十分得

意曰見尤氏犯病賈珍又過於悲哀不大進飲食自己每日從府中煎了各樣細粥精緻小菜命人送來勸食賈珍也另外吩咐每日送上等菜到厦內單與鳳姐吃那鳳姐不畏勤勞天〻於卯正二刻過來點卯理事獨在抱厦內起坐不與衆妯娌合群便有堂客來往也不迎合這日乃五七正五日上那應佛事僧正開方破獄傳灯

照亡爺閻君都鬼延請地藏王開金橋引幢幡那道士們正伏章申表朝三請叩玉帝禪僧們行香放燄口拜懺又有十三衆青年尼僧搭綉衣靸紅鞋在靈前点誦接引諸咒十分熱鬧那鳳姐料定今日人客不少在家中歇宿一夜至寅正平兒便請起來梳洗及收拾完畢更衣盥香吃了兩口奶口糖粳粥漱口已畢已是卯正二刻

了来旺媳婦率領諸人伺候已久鳳姐出
玉廳上了車前面打了一對明角燈大書
榮國府三個大字款〻来至寧國府的大
门上只見门燈朗掛兩邊一色戳燈照如
白晝白汪〻穿孝僕從兩邊侍立請車至
正门上小廝等退去衆媳婦上来揭起車
簾鳳姐下車一手扶着豐兒兩個媳婦執
着手把燈罩簇擁着鳳姐進来寧府諸媳

婦迎出来請安接待鳳姐款款緩緩走入會芳園中登仙閣靈前一見了棺材那眼淚恰似斷線之珠滚將下来院中許多小廝垂手伺候燒紙鳳姐吩咐了一聲供茶燒紙只聽一棒鑼鳴諸樂齊奏早有端過一張大圈椅来放在靈前鳳姐坐了放聲大哭于是裡外男婦上下見鳳姐出聲都忙皆齊嚎哭一時賈珍尤氏遣人来勸

鳳姐方纔止住来旺媳婦獻茶漱口畢鳳
姐方起身别過族中之諸人自入抱厦内
按名查点各項人数都已到齊只有迎送
親客上的一人未到即命傳到那人已張
惶愧懼鳳姐冷笑道我説是誰悞了原来
是你〻原比他們有體面所以不聽我的
話那人道小的天〻都来的早只有今日
醒了覺得早些因又睡迷了来遲了一步

求奶々饒過這次正說著只見榮府中的王興媳婦來了在外探頭鳳姐且不發放這人却先問王興媳婦作什么王興媳婦爬不得先問他完了事連忙進去說領牌取綫打車轎上網絡說著將個帖兒遞上去鳳姐命彩明念道大轎四頂小轎四頂車四輛共用大小絡子若干根用珠兒綫若干觔鳳姐聽了數目相合便命彩明登記

取榮國府對牌擲下王興家的拏了去了

鳳姐方欲説話時只見榮府的四個執事

的進来都是要支領東西領牌来的鳳姐

姐命他們要了帖子念過聽了一共四件

因指兩件説道這兩件開消錯了再筭清

了来取説着擲下帖子来二人掃興而去

鳳姐因見張材家的在傍因問你有什么

事張材家的忙取帖兒回説就是方纔車

轉圃作成領取裁縫工銀若干兩鳳姐聽
了便收了帖子命彩明登記待王興家的
交過牌得了買辦的回押相符然後與
張材家的去領一面又命念那一個是為
寶玉外書房完竣支買紙料糊裱鳳姐聽
了即命收帖子登記待張材家的繳清又
發与這人去了鳳姐便說道明兒他也睡
迷了後兒他也睡迷了將來都沒有人了

夲来要饒你只是我頭一次寬了下次難
管人了不如開發的登時放下臉来喝命
帶出去打二十板子一面又擲下寧國府
對牌去說與来昇革他一月銀米衆人聽
說又見鳳姐眉立知是惱了不敢怠慢拖
出去的拖執牌傳諭的忙去傳諭那人身
不由己已拖出挨二十大板還要進来叩
謝鳳姐道明日再有悮的打四十後日打

六十有爱挨打的只管悮説着分付散了
罷窓外衆人聽説方各自執事去了彼時
榮府寧府两處執事人領牌交牌的来往
不絶那抱愧被打之人含羞去了這纔知
道鳳姐利害衆人不敢偷安自此兢兢業業
執事保全不在話下如今且説寶玉因見
今日人多恐秦鐘受了委曲因默與他商
議要同他往鳳姐處来坐秦鐘道他的事

多，況且不喜人去，咱們去了，他豈不煩膩，寶玉道，他怎煩我們，不相干，只管跟我來，說着便拉了秦鍾直至抱厦内，鳳姐纔吃飯，見他們來了，便笑道，好長腿子，快上來羅，寶玉道，我們偏了，鳳姐道，在這邊同那些渾人吃什么，原是那邊我們兩個同老太〻吃了來的，一面歸坐，鳳姐吃畢飯，就有寧國府中的一個媳婦來領牌，為支取

香燭事鳳姐笑道我笑着你們今兒該来
支取總不見来想是忘了這會子到底来
取要忘了自然是你們包出来都便宜了
我那媳婦笑道何嘗不是忘了方纔想起来
再遲一步兒也領不成了說畢而去一時
登記交牌秦鍾因笑道你們兩府裡都是
這牌倘或别人私弄一個支了銀子跑了
怎樣鳳姐笑道依你說都没王法了寶玉

因道怎么偺們家沒人來領牌子作東西鳳姐道人家來領的時節你還做夢呢我且問你々們這夜書多早晚纔念呢寶玉道巴不得這如今就念纔好他們只是不快收拾出書房這也無法鳳姐笑道你請我一請包管就快了寶玉道你要快也不中用他們該作到那裡的時節自然就有了鳳姐笑道便是他們作也得要東西

搁不住我不给對牌是難的寶玉聽說便
向鳳姐身上要牌說好姐〻給出牌子來
叫他们要東西去鳳姐道我乏的身上生
瘆還搁的住你揉搓你放心罷今兒纔領
了紙裱糊去了他们該要的還等叫去呢
可不傻了寶玉不信鳳姐便叫彩明查冊
子与寶玉看了正閙着人回蘇州去的人
照兒回來了鳳姐急命喚進來照兒打千

請安鳳姐便問回来作什么照兒道二爺
打發回来的林姑老爺是九月初三巳時
沒的二爺帶了林姑娘同送林姑老爺的
靈到蘇州去大約赶年底就回来了二爺
打發小的来報個信請安討老太太的示
下還瞧瞧奶奶家裡好呌把大毛衣服帶
幾件去鳳姐道你見過別人了沒有照兒
道都見過了說畢連忙退出鳳姐向寶玉

笑道你林妹妹可在偺們家住長了寶玉道了不得想来這幾日他不知哭的怎樣呢説着蹙眉長嘆鳳姐見照兒回来因當着人未及細問賈璉心中自是記掛待要回来怎奈事情繁雜一時去了恐有延遲失悮惹人笑話少不得耐到晚上回来復令照兒進来細問一路平安信息連夜打点大毛衣服和平兒親自檢点了包裹再

細々追想所需何物一並包藏交付昭兒又細々分付昭兒在外好生小心伏侍不要惹你二爺生氣時々勸他少吃酒別勾引混賬女人回來打折你的腿等語赶亂完了天已四更將盡縱睡下又走了困不覺又是天明鷄唱忙梳洗了過寧府中來那賈珍因見發引日近親自坐車帶了陰陽司吏往鐵檻寺來踏看安靈所在又一々

囑付住持色空好生預備新鮮陳設多請名僧以備接靈使用色空忙看完齋賈珍也無心茶飯因天晚不得進城就在淨空房中胡亂歇了一夜次日一早進城料理出殯之事一面又派先往鉄檻寺連夜另外修飾停靈之處並廚茶等項接靈人口裡面鳳姐見日期在即也預備先逐細分派料理一面又派榮府中車轎人從跟王

夫人送殯又領自已送殯去占下處目今
又值繕國公誥命赴㡳王邢二夫人又去
打祭送殯西安郡王妃華誕送壽禮鎮國
公誥命生了長男預備賀禮又有胞兄王
仁連家眷回南一面寫家信禀叩父母並
帶往之物又有迎春染疾每日請醫服藥
看醫生啟帖症源藥案等事亦言難盡述
又兼發引在邇因此忙的鳳姐茶飯也無

工夫吃酒坐卧不能清淨剛到了寧府榮
府的人又跟到寧府既回榮府寧府的人
又找到榮府鳳姐見如此心中十分歡
喜並不偷安推托恐落人褒貶因此日夜
不暇籌畫等十分整肅于是合族上下無
不稱嘆者這日伴宿之夕裏面兩班小戲
並要百戲的与親朋堂客伴宿尤氏猶卧
于內寢一應張羅款待都是鳳姐一人周

全承應合族中並有許多妯娌但或有羞口或有羞腳的或有不慣見人的或有懼貴怯官的種種之類俱不如鳳姐舉止舒徐言語慷慨珍貴寬大因此也不把衆人放在眼裡揮霍指示任其所為目若無人一夜中燈明火彩客送官迎那百般熱鬧自不用說至天明吉時已到一班六十四名青衣請靈前面銘旌上大書奉天洪建

兆年不易之朝誥封一等寧國公冢孫婦防內廷紫禁道御前侍值龍禁尉享強壽貴門秦氏恭人之靈位一應執事陳設皆係現趕著新作出來的一色光艷奪目寶珠自行未嫁女之禮外摔喪駕靈十分哀苦那時官客送殯的有鎮國公牛清之孫現襲一等伯牛繼宗理國公柳彪之孫現襲一等子柳芳齊國公陳翼之孫世襲三

品威鎮將軍陳瑞文治國公馬魁之孫世
襲三品威遠將軍馬尚修國公侯曉明之
孫世襲一等子侯孝康繕國公誥命亡故
其孫石光珠守孝不曾來得這六家与寧
榮二家當日所稱八公的便是餘者更有
南安郡王之孫西寧郡王之孫忠靖侯史
鼎平原侯之孫世襲二等男蔣子寧定城
侯之孫世襲二等男兼京營游擊謝鯨襄

陽侯〻孫世襲二等男戚建輝景田侯王
〻孫五城兵馬司裘良餘錦鄉伯公子韓
奇神威將軍公子馮紫英陳也俊衛若蘭
等諸王孫公子不可勝數堂客算来亦共
有十来頂大轎三四十頂小轎連家下大
小轎車輛不下百餘十乘連前面各色執
事陳设百耍浩〻蕩一帶擺三四里遠走
不多时路旁彩棚高搭设席張筵和音奏

樂俱是各家路祭第一座是東平王府祭棚第二座是南安郡王祭棚第三座是西寧郡王的第四座便是北靖郡王的原來這四王當日惟北靜王功高及今子孫猶襲王爵現今北靜王水溶年未弱冠生得形容秀美情性謙和近聞寧國公孫婦告殂因想當日祖父彼此相與之情同難同榮未可以異姓相視因此不以王位自居

上日也曾探喪上祭如今又設路奠命麾
下各官在此伺候自已五更入朝公事已
畢便換了素服坐大轎鳴鑼張傘而來至
棚前落轎手下各官兩傍擁侍軍民人衆
不得往還一時只見寧府大殯浩浩蕩蕩
壓地艮山一般從北而至早有寧府開路
傳事人看見連忙回去報与賈珍賈珍急
命前面駐扎同賈赦賈政三人連忙迎来

以國禮相見水溶在轎內欠身含笑答禮
仍以世交稱呼接待並不妄自尊大賈珍
道犬婦之喪累蒙郡駕下臨廕生輩何以
克當水溶笑道世交之誼何出此言遂回
頭命長府官主祭代奠賈赦等一傍還禮
畢復身又来謝恩水溶十分謙遜因問賈
政道那一位是啣玉而誕者幾次要見一
見都為雜冗所阻想今日是来的何不请

来一會賈政聽說忙退回去急命寶玉脱去孝服領他前来那寶玉素日就曾聽得父兄親友人等說閒話時讚水溶是个賢王且生得才貌雙全風流瀟洒每不以官俗國體所縛每思相見只是父親拘束嚴密無由得會今見反来叫他自是喜歡一面走一面早瞥見那水溶坐在轎内好個儀表人才不知近看時又是怎樣且聽下

回夕解

石頭記第十五回

王鳳姐弄權鉄檻寺
秦鯨卿得趣饅頭庵

話說寶玉舉目見北静郡王水溶頭上戴着潔白簪纓銀翅王帽穿著江牙海水五爪坐龍蟒袍繫著碧玉紅鞓面如美玉目似明星真好秀麗人物寶玉忙蹌上来叅見水溶連忙從轎内伸出手来挽住見寶

玉帶著束髮銀冠勒著雙龍出海抹額穿著白蟒箭袖圍著攢珠銀帶面若春花目如點漆水溶笑道名不虛傳果然如寶似玉因問啣的那寶貝在那裡寶玉見問連忙從衣內取了出來遞將過去水溶細細的看了又念了那上頭的字因問果驗否賈政忙道雖如此說只是未曾試過水溶一面極口稱奇道異一面理好彩縧親自

與宝玉帶上又携手問寶玉幾歲了讀何
書寶玉一一的荅應水溶見他言語清楚
談吐有致一面又向賈政笑道令郎真乃
龍駒鳳雛非小王在世翁前唐突將來雛
鳳清於老鳳聲未可量也賈政忙陪笑道
犬子豈敢謬承金獎賴藩郡餘應果如是
言亦應生輩之幸矣水溶又道只是一件
令郎如是資質致老太夫人輩自然鍾愛極

矣但吾輩後生甚不宜鍾溺〻〻則未免荒失學業昔小王曾陷此轍想令郎未必不如是也若令郎在家難以用攻不妨常到寒第小王雖不才却蒙海上衆名士凡至都者未有不另垂青眼因是以寒第高人頓聚今郎常去談會〻〻則學問可不日進矣貫政忙躬身答應水溶又將腕上一串念珠卸了下来遞與寶玉道今日初

會倉猝間竟無敬賀之物此係前日聖上
親賜鶺鴒香念珠一串權爲賀敬之禮寶
玉連忙接了回身奉與賈政上來請回輿
水溶道逝者已登仙界非碌碌你我塵寰
中之人也小王雖上叨天恩虛邀郡襲豈
可越仙輀而進也賈赦等見執意不從只
得告辭謝恩回來命手下掩樂停音滔滔
然將殯過完方讓水溶回輿去了不在話

下且說寧府送殯一路熱鬧非常剛至城门前又有賈赦賈政賈珍等諸同僚屬下各家祭棚接祭一一謝過然後出城竟奔鐵檻寺大路行来彼時賈珍賈蓉来到諸長輩前讓坐轎上馬因而賈赦一輩的各自上了車轎賈珍一輩的也將要上馬鳳姐兒因記掛着寶玉怕他在郊外縱性逞強不服家人的話賈政管着這些小事惟

恐有了闪失雖見賈母因此便命小廝来
喚他寶玉只得来到他車傍鳳姐笑道好
兄弟你是個尊貴人女孩兒一樣的人品
别學他們猴在馬上下来偺們姐兒兩個
坐車豈不好么寶玉聽説便忙下了馬爬
入鳳姐車上二人説笑前進不一時只見
從那邊兩匹馬壓地飛来離鳳姐車不遠
一齊躥下来扶車回話這裡有下處奶奶

請歇〻更衣鳳姐急命請邢夫人王夫人
的那人回来說太〻們說不用歇了叫奶
奶自便罷鳳姐聽了便命歇〻再走小厮
們聽了一帶轅馬岔出人群往北飛走寶
玉在車內急命請秦相公那時秦鍾正騎
馬隨着他父親的轎忽見寶玉的小厮跑
来請他去打尖秦鍾看時只見鳳姐的車
往北而去後面拉着寶玉的馬搭着鞍籠

便知寶玉同鳳姐坐車自己也便帶馬赶
来同入一庄门内早有家人將衆庄漢攆
盡那庄人家無多房舍婆媳们無處廻避
只淂由他们去了那些村姑庄婦見了鳳
姐寶玉秦鐘的人品衣服禮數欵段豈有
不愛看的一時鳳姐進入茅堂因命寶玉
等先出去頑〻寶玉等會意因同秦鐘出
来帶着小厮们各處遊玩凡庄農動用之

物皆不曾見過寶玉一見了鍬钁鋤犁等物皆以為奇不知何項所使其名為何小廝在傍一〻的告訴了名色說明原委寶玉聽了因点頭嘆道怪道古人詩云誰知盤中餐粒〻皆辛苦正為此也一面說又至一間房中只見炕上有個紡車寶玉又問小廝們這又是什么小廝又告訴他原委寶玉聽說便上来擰轉作耍自為有

趣只見一個約有十七八歲的村庄丫頭跑了来亂嚷别動壞了衆小廝忙斷喝攔阻寳玉忙丟開了手陪笑説道我因為沒有見過這個所以試他一試那丫頭道你們那裡會弄這々站開了我紡与你瞧秦鍾暗拉寳玉笑道此卿大有意趣宝玉一把推開笑道該死的再胡説我就打了説着只見那了頭紡起綫来寳玉正要説話

時只見那邊老婆子吽道二了頭快来那了頭聽吽忙丟了紡車一逕去了寶玉悵然無趣只見鳳姐打發人来吽他兩個進去鳳姐洗了手換衣服抖灰土问他換不換寶玉說不換只得罷了家下僕婦们將帶着行路的茶壺茶杯十錦屜盒各樣小食端来鳳姐等吃過茶待他们收拾完備便起身上車外面旺兒預備下賞封賞了

本村主人庄婦等来叩賞風姐並不在意寶玉却留心看時内中並無紡綫的二了頭一時上了車出来走不遠只見迎面那二了頭懷裡抱着他小兄弟同着幾個小女孩説笑而来寶玉恨不得下車跟了他去料是衆人不依的少不得以目相送争奈車輕馬快一時展眼無踪走不多時仍又跟上大殯了早又見前面法鼓鐃幢幡

寶盖鉄檻寺接靈衆僧齊至少時到入寺
中另演佛事重設香壇安靈於內殿偏室
之中寶珠安理寢室相伴外面賈珍款待
一應親友也有擾飯的也有不吃飯而辭
的一應謝過乏便公侯伯子男一起〻〻
的都散了去至未末時分方散盡了裡面的
堂客皆是鳳姐張羅接待先從顯官誥命
散起也到晌午大錯時方散盡了只有幾

個親戚是至近的等作過三日安靈道場
方去那時邢夫人王夫人知鳳姐必能必
不能回家也便也要進城王夫人要帶寶
玉去寶玉作到郊外那裡肯回去只要跟
鳳姐住着王夫人無法只得交與鳳姐便
回來了原來這鐵檻寺原是寧榮二公當
日修造現今還是有香火地畝佈施以備
京中老了人口在此便宜寄放其中陰陽

兩宅俱已預備妥[illegible]好為送靈人口寄居不想如今後輩人口繁其中貧富不一或性情參商有那家業艱難安分的便住在這裡了有那上排場有錢勢的只說這裡不方便一定另外或村庄或尼庵尋個下處為事畢安退之所今即秦氏之喪族中諸人此日權在鉄檻寺下榻獨有鳳姐嫌不方便因而早遣人來和饅頭庵的姑子

淨虛説了騰出兩間房子來作下處原來這饅頭庵就是水月寺因他庵内作的饅頭好就起了這渾號離鐵檻寺不遠當下和尚攻課已完奠過了晚茶賈珍便命賈蓉請鳳姐歇息鳳姐見還有幾個妯娌陪着女親自便辭了衆人帶了寳玉秦鐘往承月寺来原来秦業年邁多病不能在此只命秦鐘等待安靈那秦鐘便只跟着鳳

姐寶玉一時到了寺中淨虛帶領知善智
能兩個徒弟出來迎接大家見過鳳姐等
来到房中更衣淨手畢因見智能越發長
高了模樣兒越發出息了因問你師徒怎么
這些日子也不往我們那裡去淨虛道可
是這幾天都沒工夫因胡老爺府裡產了
公子太〻送了十兩銀子来這裡叫請幾
位師父念三日血盆經忙的沒個空兒就

沒有來請奶〻的安不言老尼陪着鳳姐
說話且說秦寶二人正在殿上頑耍因見
智能過來寶玉笑道能兒來了秦鍾道理
那東西作什么寶玉笑道你別弄鬼那一
日在老太〻屋裡一個人沒有你摟着他
什么這會子還哄我秦鍾笑道這可是沒
有的話寶玉笑道有沒有也不管你〻只
叫他倒茶來我吃就丟開手秦鍾笑道這

人哥了你叫他去倒還怕他不倒何必要我說呢寶玉道我叫他倒的茶是無情意的不及你叫他倒的是有情意的秦鐘只得說道能兒倒碗茶來給我那智能兒自幼在榮府走動無人不識因常與寶玉秦鐘頑耍他如今大了漸知風月便看上了秦鐘人物風流那秦鐘也極愛他妍媚二人雖未上手却已情投意合了今智能見

了秦鍾心眼俱開走去倒了茶来秦鍾笑
説給我寶玉説給我智能抿嘴笑道一碗
茶来爭我難道手裡有蜜寶玉先搶得了
吃着方要問話只見智善来叫智能去擺
茶碟子一時来請他兩個去吃茶菓點心
他兩個那裡要吃這些東西坐〻仍出来
頑笑鳳姐也略坐片時便回至浄室歇息
老尼相送此時衆婆娘媳婦見無時都陸

續散了自去歇息跟前不過幾個心腹常
侍小婢老尼便乘機說道我正有一事要
到府裡來求太〻先請奶〻一個示下鳳
姐因問何事老尼道我彌陀佛只因當日
我曾在長安善才庵內出家的時節那時
有個施主姓張是個大財主他有個女兒
小名金哥那年都往我廟裡來進香不想
遇見長安府〻太爺的小舅子李衙內那

李衙内看上金哥一心要娶打發人来求親不想金哥已受了原任長安守備的公子聘定張家意欲退親又怕守備不依因此説已有了人家誰知李衙内執意不依定要娶他女兒張家正無計策兩處為難不想守備守備聽了此信也不管青紅皂白便来作踐辱駡説一個女兒許幾家偏不許退定禮就打官司告狀起来那張家急

了只得使人上京来尋门路賭氣偏要退定禮我想如今長安節度云老爺與府上最契可以求太太與老爺說聲打發一封書去求那云老爺和那守備說一聲不怕那守備不依若是肯行張家連傾家孝敬也都情願鳳姐聽了笑道這事到不大只是太太再不管這樣的事老尼道太太不管奶奶也可以主張了鳳姐笑道我也不

等銀子使也不作這樣的事淨虛聽了打去妄想半晌嘆道雖如此説張家已知我来求府裡如今不管這事張家不知道没工夫管這事不罕希他的謝禮到像府裡連這点子手段也没有的一般鳳姐聽了這話便發了興頭説道你是素日知道我的從来不信什么損陰騭地獄報應的憑你什么事我説要行就行你叫他拏三千

銀子来我就替他出這口氣老尼聽說喜
不自禁忙說有〻這你不難鳳姐又道我
比不得他们拉篷扯縴的圖銀子這三千
銀子不過是給他發說去的小廝作盤纏
使他揀幾個辛苦錢我一個錢也不要
的便是三萬兩我此刻也還拏得出来老
尼連忙答應又說道既如此奶〻明日就
開恩也罷了鳳姐道你瞧〻我忙的那一

嫌少了我既應了你自然快快的了結老
尼道這点了事在別人跟前就忙的不知
怎樣若是奶奶跟前再添上些也不殼奶
奶一發揮的只是俗語說的好能者多勞
太太因大小事見奶奶要（妥）貼索性都推給
奶奶了奶奶也要保重貴體纔是一路話
奉承的鳳姐越發受用也不顧勞乏更攀
談起來誰想秦鍾趁黑無人來尋智能剛

至後面房中只見智能獨在房中洗茶碗秦鍾跑来便摟着親嘴智能急得跺脚說這筭什么呢再這么我就叫喚秦鍾求道好人我已急死了你今日再不依我就死在這裡智能道你想怎么樣除非我出了這牢坑離了這些人纔依你秦鍾道這也容易只是遠水救不得近渴說着一口吹了燈滿屋漆黑將智能抱到炕上就雲雨

起来那智百般挣挫不起又不好叫喚的少不得依他了正在得趣只見一人進来将他二人按住也不則聲二人不知是誰唬的不敢動一動只聽那人嗤的一聲掌不住笑了二人听聲方知是寶玉秦鍾連忙起来抱怨道這笑什么寶玉笑道你到不依偺们就叫喊起来羞的智能趁黑影裡跑了寶玉拉了秦鍾出来道你可還和

我強嘴秦鍾道好人你別嚷的衆人知道了你要怎樣我都依你寶玉笑道這會子也不用說等一會睡下再細〻的算賬一時寬衣安歇的時節鳳姐在裡間秦鍾寶玉在外間滿地下皆是家人婆子打鋪坐更鳳姐因怕通靈玉失落便等寶玉睡下命人拏來塞在自己枕邊寶玉不知與秦鍾算何賬目未見真切不曾記得此係疑

棨不敢纂創一宿無話至次日一早便有
賈母王夫人打發人来看寶玉又命多穿
兩件衣服無事寧可回去寶玉那裡肯回
去又有秦鍾戀著智能調唆宝玉求鳳姐
再住一天鳳姐想了一想凡喪儀大事雖
妥還有一半点小事未曾安插可以指此
再住一日豈不又在賈珍跟前送了滿情
二則又可以完淨虛的那事三則順了寶

玉的心賈母聽見豈不歡喜因再有三益便向
寶玉道我的事都完了你要在這裡頑兒
少不得索性辛苦一日罷了明日可是定
要走的了寶玉聽說千姐姐萬姐姐的央
求只再住一日明兒必回去的于是又住
了一夜鳳姐便命悄悄將昨日老尼之事
說與來旺來旺心中俱已明白急忙進城
我著主文的相公假托賈璉所囑修一封

書遣夜往長安縣来不過百里路程兩日的工夫俱已妥協那節度使名喚云光久見賈府之情這一点小事豈有不允之理給了回書旺兒回来且不在話下且説鳳姐等又過了一日次日方别了老尼令他三日後往府裡去討信那秦鍾與智能百般不忍分離背地裡多少幽期密约不用细述只得含恨而别鳳姐又到鉄檻寺中

照望一番然後衆人都回家另有家中許多事情下一回分解

第十六回

賈元春才選鳳藻宫
秦鯨卿大逝黄泉路

話說寶玉見收拾了外書房，約定與秦鍾讀夜書。偏那秦鍾秉性最弱，因在郊外受了些風霜，又與智能兒偷期遣綣，未免失於調養，回來時便咳嗽傷風，懶進飲食，大有不勝之態，遂不敢出門，只在家中養息。

寶玉便掃了興頭只得付之無可奈何且
自候靜養待大愈時再約那鳳姐已得了
雲光的回信俱已妥協老尼達知張家果
然那守備忍氣吞聲的收了原聘之物誰
知那張家父母如此愛勢貪財却養了一
個知義多情女兒聞得父母退了前夫他便
一條麻繩悄悄的自縊了那守備之子聞
得金哥自縊他也是個極多情的遂也投

金哥可稱烈女鳳
婆娘不稱淫貨
此二人真義夫節婦也

河而死不負妻義張李兩家没趣真是人財兩空这裡鳳姐坐享了三千兩王夫人等連一點消息也不知道自此鳳姐胆識愈壯有了這樣的事便恣意作為起來也不消多記一日正是賈政的生辰寧榮兩處人丁都集慶賀熱鬧非常忽有門吏忙忙進來至席前報説有六宫都太監夏老爺來降旨唬的賈赦等一干人不知是何

消息忙令止了戲文撤去酒席擺香案啟中門跪接早見六宫都太監夏守忠乘馬而至前後左右又有許多内監跟從那夏守忠也並不曾負詔捧勅至簷下馬滿面笑容走至廳上南面而立口内説特旨立刻宣賈政入朝在臨敬殿陛見説畢也不及吃茶便乘馬去了賈赦等不知是何兆頭只得急忙便更衣入朝賈母等合家人

等心中皆惶恐不定不住的使飛馬來回報信有約計兩個時辰工夫忽見賴大等三四個管家喘吁〻跑至儀門報喜又說奉老爺之命速請老太〻帶領夫人等進朝謝恩等語那時賈母正心神不定在大堂廊下佇立邢夫人王夫人尤氏李紈鳳姐迎春姊妹以及薛姨媽等皆在一處聽如此說賈母便命人喚進賴大來細問端

的賴大稟道小的們只在臨敬門外伺候
裡頭的信息一槩不知後還是夏太監出
來說道咱們家大小姐晉封為鳳藻宮尚
書加封賢德妃後來老爺出來亦如此吩
咐小的如今老爺又徃東宮去了速請老
太〻領着太〻們去謝恩賈母等聽了方
心神安定不免都洋〻喜氣盈腮於是按
品大粧起來賈母帶領邢夫人王夫人尤

氏一共四乘大轎入朝賈赦賈珍亦換了
朝服帶領賈蓉賈薔奉侍賈母大轎前往
於是寧榮二處上下内外莫不欣然踴躍
個〻面上皆有得意之狀言笑鼎沸不絶
誰知近日饅頭庵的智能私遊進城找至
秦鐘家下看視秦鐘不意被秦業知覺将
智能逐出将秦鐘打了一頓自已氣的老
病發作三五日光景嗚呼死了秦鐘本自

虛弱又帶病未愈受了笞杖今日老父氣

死此時悔痛無及更又添了許多的症候

因此寶玉心中悵然如有所失如何是好

雖聞得元春晉封之事亦未解的愁悶賈

母如何謝恩如何回家親朋如何來慶賀

寧榮二處近日如何熱鬧衆人如何得意

獨他一個皆視為無毫不介意因此衆人

嘲他越發傻了且喜賈璉與黛玉回來先

遣人報信明日就可到家寶玉聽了方總
有些喜意細問原由方知賈雨村亦進京
陛見皆由王子騰累上保本此來候補京
缺與賈璉是同宗兄弟又與黛玉有師徒
之誼故同路作伴而來林如海已葬入祖
坟了諸事停妥賈璉總進京的本該出月
到家因聞元春喜信遂晝夜兼程而進一
路俱平安寶玉只聞得黛玉平安二字餘

者也就不在意了好容易盼至明日午錯果報璉二爺合林姑娘進府了見面時彼此悲喜交接未免又大哭一陣後又致喜慶之詞寶玉心中品度黛玉越發出落的超逸了黛玉又帶了許多藉來忙着打掃卧室安插器具又将紙筆等物分送寶釵迎春寶玉等人寶玉又将北静王所贈鶺鴒香串珍重取出來轉贈黛玉黛玉說

什麽臭男人拿過的我不要他遂擲而不受寶玉只得收回暫且無話且説賈璉自回家叅見過衆人回至房中正值鳳姐近日多事之時無片刻閑暇之工見賈璉自遠歸來少不得撥冗接待房内無人便笑道國舅老爺大喜國舅老爺一路風塵辛苦小的聽見昨日的頭起報馬來報説今日大駕歸府略備了一杯水酒撣塵不知

可賜光否賈璉笑道豈敢豈敢多承多承一面平兒與了環發見畢獻茶賈璉遂問別後家中的諸事又謝鳳姐的操持勞碌鳳姐道我那裡照管的這些事見識又淺口角又笨心腸又真率人家給個棒槌我就作針臉又軟擱不住人給兩句好話心裡就慈悲了況且又沒經過大事胆子又小太太略有些不自在我就唬的連覺也

睡不着我苦辭了幾回太〻又不允到反
説我圖受用不肯習學了除不知我捻着
一把汗兒一句也不敢多説一步也不敢
多走你是知道的咱們家所有的這些〻管
家奶〻們那一位是好纏的錯一點他們
就笑話打趣一點兒他們就指桑説槐的
報怨坐山看虎鬪借劍殺人引風吹火站
乾岸兒推倒由瓶不扶都是全掛子武藝

况且我年紀輕頭等不壓衆怨不得不放在眼裡更可巧那府裡忽然蓉兒媳婦没了珍大哥再三再四的在太々跟前跪着討情只要求我幫他幾日我是再四推辭太々斷不依只得從命依舊被我鬧了個馬仰人翻更不成個體統至今珍大哥々還報怨後悔呢你这一來了明日見了他好歹描補描補就説我年紀小原没有見

過世面誰叫大爺錯委他的正説着外間
有人説話鳳姐便問是誰平兒進來回道
姨太〻打發香菱妹子來問我一句話我
已経説了打發他回去了賈璉笑道正是
呢方纔我見姨娘去不妨會着個年輕的
小媳婦子撞了個對面生的好齊整模樣
我疑惑咱們家裡無此人説話時因問姨
媽誰知就是上京來買的那丫頭名叫香

菱的竟是與薛大獃子作了屋裡人開了臉越發出挑的標緻了那薛大獃子真玷辱了他鳳姐道往蘇杭去了一盪回來也該見些世面了還是這樣眼饞肚飽的你要愛他不值什庅我去拏平兒換了他來如何那薛老大也是吃着碗裡的看着鍋裡的這一年來的光景他為要香菱不能到手和姨媽不知打了多少饑荒也因姨

媽看着香菱模樣好還是末節其為人行事却比別的女孩兒不同溫柔安靜差不多主子姑娘也跟他不上呢故此擺酒請客的廢事明堂正道的與他作偏房了過了没半月也看的馬棚一般了我到心裡可惜了的一語未了二門上小厮傳報老爺在大書房等二爺呢賈璉聽了忙々整衣出去這裡鳳姐乃問平兒方纔姨媽有

什庅巴〻的打發了香菱來平兒笑道那
裡來的香菱是我借他暫撒了個謊奶〻
説〻旺兒嫂子越發連個成算也没了説
着又走到鳳姐身邊悄〻説道奶〻那利
錢銀子遲不送來早不送來這會子二爺
在家他且送这個來了幸虧我在堂屋裡
屋裡撞見不然他走了來回奶〻二爺倘
或問奶〻是什庅利錢奶〻自然不肯瞞

二爺的少不得照寔告訴二爺我們二爺那脾氣油鍋裡錢還要找出來呢聽見奶奶有了這個梯巳他還不放心的花了呢所以我赶着接了過來待我說了他兩句誰知奶〻偏聽見了問我〻就撒謊說香菱了來鳳姐聽了笑道我說呢姨媽知道二爺來了忽剌巴的反打發個屋裡人來了原來是你這蹄子備鬼說話時賈璉巳

進來鳳姐便命擺上酒餚來夫妻對坐鳳

姐雖善飲却不敢任性只陪侍着賈璉一

時賈璉的乳母趙媽〻走來賈璉鳳姐忙

讓吃酒令其上坑去趙媽〻執意不肯平

兒在坑沿下設下一杌又有一小脚踏趙

媽〻在脚踏上坐了賈璉在棹上揀兩盤

餚饌與他放在杌子上自吃鳳姐又道媽

媽很嚼不動那個没的矼了他的牙因向

平兒道早起我說那一碗火腿煨的很爛正好給媽〻吃你怎庅不拏了去熱了來又道媽〻你嚐〻你兒子帶了來的好惠泉酒趙媽〻道我喝呢奶〻喝一鐘怕什庅只不要過多了就是了我这會子跑了來到也不為酒飯到有一件正經事奶〻好歹記在心裡疼顧我些〻罷我們這爺只是口裡說的好聽到了跟前就忘了我們

幸虧我從小兒奶了你這庅大我也老了有的是那兩個兒子你就另眼照看他們些別人也不敢呲牙兒的我還再四的求了你几遍你荅應的到好到如今還是燥屎這如今又從天上跑出這樣大喜事來那裡用不着人呢所以到是合奶〻說是正經靠着我們爺只怕我還要餓死了呢鳳姐笑道媽〻你放心兩個奶哥〻都交

給我你從小兒奶的兒子你還有什庅不知
他的脾氣拏着皮肉到往那不相干的人
身上貼可是現放着奶哥〻那一個不比
人强你疼顧照看他們誰敢說個不字兒
沒的白便宜了外人我這話也說錯了我
們看着是外人你却看着是内人一樣呢
說的滿屋裡人都笑了趙嫣〻也笑個不
住又念佛道可是屋子裡跑出青天來了

若說內人外人這些混賬緣故我們爺是沒有不過是臉軟心慈攔不住人求兩句罷了鳳姐笑道可不是呢趙嬤〻說道奶〻說的太絕情了我也樂了再吃一杯好酒從此我們奶〻作了主我就沒的愁了賈璉此時沒好意思的只是訕笑吃酒說胡說二字快盛飯來吃完了還要往珍大哥那邊去商量事呢鳳姐道可是別悞了

正經事纔剛老爺叫你說什庅賈璉道就為省親鳳姐道省親事竟准了不成賈璉笑道雖沒十分准也有一二分准了鳳姐道可見當今隆恩歷來看戲古時從來未有的趙嬤〻又接口道可是呢我也老糊塗了我聽見上〻下〻吵嚷了這些日子什庅省親不省親我也不理論他去如今又說省親到底是怎庅個緣故賈璉道如

今當今體貼萬人之心世上至大莫如孝字想來父母兒女之情皆是一理不是貴賤分別的當今自為日夜侍奉太上皇々太后尚不能畧盡孝意因見宮裡嬪妃才人等皆是入宮多年拋離父母形容豈有不思想之理在兒女思想父母是分所應當想父母在家若自管思念兒女竟不能一見倘因此成疾致病甚至死亡皆由朕

躬禁固不能使其遂天倫之愿亦大傷天和之事故啟奏上皇太后每月逢二六日期准其椒房眷屬入宮請候看親太上皇皇太后大喜深讚當今至孝純仁體天格物因此二位老聖人又下旨意說椒房眷屬入宮未免國體儀制母女尚不能愜懷竟大開天地之恩特降諭旨請椒房貴戚除二六日入宮之恩外凡有重宇別院之

家可以駐蹕關防之處不妨啟請內廷鑾輿入其私第庶可畧盡骨肉之情天倫中之性此旨一下誰不踴躍感戴今周貴人的父親已在家裡動了工了修蓋省親別院呢又有吳貴人的父親吳天佑家也往城外踏看地方去了這豈不有八九分趙媽媽道阿彌陀佛原來如此這樣說咱們家也要預備接咱們大小姐了賈璉道這

何用說呢不然這會子忙的是什庅鳳姐笑道若果如此我也可以見過大世面了可恨我小几歲年紀若早生二三年如今這些老人家也不薄我沒見世面了說起當年太祖皇帝訪舜巡的故事比一部書還熱鬧我偏沒造化趕上趙嬤々道嗳喲喲那可是千載希逢的那時候我總記事兒咱們賈府正在姑蘇揚州一帶監造海

船修理海塘只預備接駕一次把銀子都
花的淌海水似的說起來鳳姐忙接道我們
王府也預備過一次那時我爺〻単管各
國進貢朝賀的事凡有外國人來都是咱
們家養活粵閩滇浙所有的洋舡貨物都
是我們家的趙嬤〻道那是誰不知道的
如今還有個號兒呢說東海少了白玉床
龍王來請金陵王這說的就是奶〻府上

了還有現在江南的甄家嗳喲〻好勢派獨他家接駕四次若不是我們親眼看見告訴誰〻也不信别講銀子成了泥土憑是世上所有的没有不是堆山塞海的罪過可惜四個字倠不得了鳳姐道我聽見我們大爺們也是這等説豈有不信的只納罕他家怎庅就這庅富貴呢趙嬷〻道告訴奶〻一句話也不過是拏着皇帝家

的銀子往皇帝身上使罷了誰家有這些銀子買這個虛熱鬧去正説的熱鬧王夫人又打發人來瞧鳳姐吃了飯不曾鳳姐知有事等他忙忙的吃了半碗飯漱口要走又有二門上小厮回東府蓉薔二位哥兒來了賈璉纔漱口又在洗手見他二人來了便問什麽話快説鳳姐且止步稍候聽他二人回些個什麽賈蓉先回道我父

親打發我來回叔〻老爺們已經議定了從東邊一帶借着東府裡花園起至北邊一共丈量三里半大可以蓋造省親別院了已經傳人畫圖樣去了明日就得叔〻總回家未免勞乏不用過我們那邊去有話明早再請過去面議賈璉笑着忙說道多謝大爺體量我就從命不過去了正經是這個主意總省事蓋的也容易若採置

別的地方去那更費事且不到體統你回
去說這樣很好若老爺們再要改時全仗
大爺諫阻萬不可另尋地方明日一早我
給大爺請安去再議細說賈蓉忙應了幾
個是賈薔又近前說下姑蘇割聘教習採
買女孩子置辦樂器行頭等事大爺派了
姪兒帶領着來旺管家兩個兒子還有单
聘仁卜固修兩個清客相公一仝前往所

以命我來見叔〻賈璉聽了將賈薔打量了打量笑道你能在這一行庅這個是雖不甚大裡頭大有藏掖的賈薔笑道只好學習辦罷了賈蓉在身後灯影下悄拉鳳姐會意因笑道你也太抄心難道大爺比咱們還不會用人偏你又怕他不在行了誰都是在行的孩子們已長的這庅大了沒吃猪也見過猪跑大爺派他去也不過

是坐纛旗兒難道認真叫他去講價錢會経紀去呢依我說他就很好賈璉道自然是這樣我並不是駁回少不得替他籌算籌算因問這項銀子動那一處的賈薔道纔也議在這裡賴爺爺說竟不用從京裡帶下去江南甄家還有收著我們五萬銀子明日寫一封書信會票我們帶去先與三萬下剩二萬存着等置辦花燭彩燈各

色簾櫳帳幔的使費賈璉點頭道這個主意好鳳姐忙向賈薔道既這樣我有兩個在行妥當人你就帶了他們辦這個便益了你呢賈薔忙陪笑說正要合嬸嬸討個人這可巧了因問名字鳳姐便問趙嬤嬤彼時趙嬤嬤已聽獃了話平兒忙笑推他纔醒悟過來忙說一個叫趙天梁一個叫趙天棟鳳姐道可別忘了我可幹我的去

了說着便出去了賈蓉忙送出來悄〻向
鳳姐道嬸〻要什麽東西吩咐開了賬給
薔兄弟拏了去呌他按賬置辦了來鳳姐
笑道放你娘的屁我這裡的東西還無處
擱呢希罕你們鬼〻祟〻的說着一逕的
去了這裡賈薔也悄問賈璉要什麽東西
順便好帶來孝敬賈璉笑道你別興頭纔
學着辦事到先學會了這把戲我短了什

応少不得寫信去告訴你且不要論到這裡說畢打發他二人去了接着回事的人來不止三四次賈璉害乏便于二門上一應不許傳報俱等明日料理鳳姐至三更時分方下來安歇一宿無話次早賈璉起來見過賈赦賈政便往寧府中來會同老管事人等並幾個世友門下清客相公審察兩府的地方繕畫省親殿宇一面叅度

辦人丁自此後各行匠役齊集金銀銅錫以及土木磚瓦之物搬運移送不歇先令匠人折寧府會芳園墻垣樓閣接入榮府東大院中榮府所有下人一帶羣房盡皆拆去當日榮寧二府雖有一小巷界斷不通然這小巷亦係私地並非官道故可以連屬會芳園本是從北角墻下引來一股活水今亦無煩在引其山石樹木雖不敷

用賈赦住的乃是榮府舊園其中樹木山
石以及亭榭欄杆等物皆挪就前來如此
兩處又甚近湊來一處省得許多財力縱
有不敷所添有限全虧一個胡老明公號
山子野者一一籌畫起造賈政不慣於俗
務只憑賈赦賈珍賈璉賴大來昇林之孝
吳新登詹光程日興等几人安插擺佈凡
堆山鑿池起樓閣種花竹一應點景等事

又有山子野者制度下朝閒暇不過各處看望看望最要緊處合賈赦商議商議便罷了只在家高卧有芥荳之事賈珍等自去回明或寫畧節或有説話便傳呼賈珍賴大等領命賈蓉单管打造金銀器皿賈薔已起身往姑蘇去了賈珍賴大等又點人丁開冊籍監工事一筆不能寫到不過是喧闐熱鬧而已暫且無話且説寳玉近

因家中有這等大事賈政不來問他的書
心中是件暢事無奈秦鐘之病日重一日
也着寔懸掛不能樂業這日一早起來纔
梳洗完畢意欲回明賈母去望候秦鐘忽
見茗烟在二門照壁前探頭縮腦的寶玉
忙出來問他作広茗烟道秦相公不中用
了寶玉聽說唬了一跳忙問道我昨日纔
瞧了他來還明〻白〻的怎広今日就不

中用了茗烟道我也不知道總剛是他家的老頭子來特告訴我的寶玉聽説忙轉身回明賈母賈母吩咐好生派妥當人跟去那裡去望〻秦鍾盡一盡同窗之情就回來不許多躭擱寶玉聽説忙〻的更衣出來車猶未備急的滿廳亂轉一時催促車到了忙上了車李貴茗烟等跟隨來至秦鍾門首悄無一人遂蜂擁進至内室唬

的秦鐘兩個遠房的嬸母並几個弟兄都藏之不及此時秦鐘已發過兩三次昏了移床易簀多時矣寶玉一見便覺失聲李貴等忙勸道不可不可秦相公乃是弱症未免炕上挺扛的骨頭不受用所以暫挪下來鬆散些哥兒如此豈不添他的病症寶玉聽了方忍住近前看見秦鐘面如白臘合目呼吸于枕上寶玉忙叫道鯨兄寶

玉來了連叫了兩三聲秦鐘不揪寶玉又道寶玉來了那秦鐘早已魂魄離身只剩得一口悠悠的餘氣在胸上見許多鬼判持牌提索來捉他那秦鐘魂魄那裡肯去又記念着家中無人掌管家務又記掛着父親還有留積下的三四千兩銀子又記掛着智能兒尚無下落因此百般求告鬼判無奈這些鬼判都不肯徇私反叱咤秦

鐘道虧你還是讀書的人豈不知俗語説的閻王叫你三更死誰敢留人到五更我們陰司上下都是鉄面無私的不比你們陽間瞻情狥意有許多関碍處正鬧着那秦鐘魂魄聽見寶玉來了四字便忙又央求道列位神差畧發慈悲讓我回去合這個好朋友説一句就來的鬼道又是什庅好朋友秦鐘道不瞞列位説就是榮國公

的孫子小名寶玉的那判官聽了先就唬慌了起來忙喝罵鬼使道我說你們放了他回去走〻你們斷不肯依我的話如今只等他請出了運旺時盛的人來纔罷衆鬼見判如此也都忙了手脚一面又報怨道你老人家先是那等雷霆電雹原來見不得寶玉二字依我們的見識他是陽我們是陰怕他也無益此章註無非笑趨勢之

人陽人豈能將勢壓陰府底然判官雖肯
但衆鬼使不依這也没法秦鐘不能醒轉
了再講寶玉連㗊數聲不應又等了一回
此時天色將及晚了李貴茗烟再三催促
回家寶玉無奈只得出來上車回去不知
後面如何且看下回分解

来和賈母告辭賈母說閙了再来又命鴛鴦来好生打
發劉姥姥出去我身上不好不能送你劉姥姥道了謝又
作辭方同鴛鴦出来到了下房鴛鴦指炕上一个包袱說
道這是老太太的几件衣裳都是往年間生日節下衆
人孝敬的老太太的几件衣裳（從不穿人家做的）收着也可惜却是一次也沒
穿過昨兒叫我拿出兩套来送你帶去或是送人或是
自己家里穿罷別見笑這盒子裡是你要的菓子這
包裡是你前兒說的藥梅花点舌丹也有紫金錠也有活

絡丹也有催生保命丹也有每様是一張方子包着總包在裡
頭這是兩个荷包帶着頑罷説着便抽開繫子掏出兩个
筆定如意的錁子来給他瞧又咲道荷包拿去這个留下
給我罷劉姥ゝ已喜出望外早又念了几千聲佛聽鴛鴦如
此説道姑娘只管留下罷了鴛鴦見他信以為真笑着
仍與他裝上説道哄你頑你我有好些呢留着年下你給
小孩子们罷説着只見一个小丫頭拿了成窑鍾子来遞
與劉姥ゝ這是寳二爺給你的劉姥ゝ道這是那裡説起

我那一世修來的今兒這樣說著便接過來夗央道
前兒我叫你洗澡換的衣裳是我的你不棄嫌我還
有几件也送你罷劉姥〻又忙道謝夗央果然又拿
出兩件來与他包好劉姥〻又要到園中辭謝寶玉
和眾姊妹王夫人等去夗央道不用去了他們這會
子也不見人回來我替你說罷閒了再來又命了一个
老婆子吩咐他二門上叫兩个小廝帮著劉姥〻拿了送
出去婆子答應了又和劉姥〻到了鳳姐那邊一並拿

了東西在角門上命小厮們搬了出去直送劉姥〻上車去了不在話下且說寶釵等吃過早飯又往賈母處問安回園至分路之處寶釵便叫黛玉道顰兒跟我來有一句話問你黛玉便同了寶釵來至蘅蕪苑中進了房寶釵便坐了笑道你跪下我要審你黛玉不解何故因笑道你瞧寶丫頭瘋了審問我什麽寶釵冷笑道好个千金小姐好个不出閨門的女孩兒滿嘴里說的是什麽你只實說便罷黛玉不解只管發笑

好

心里也不免疑惑起来口里只說我可曾說什麼你不過
要捻我的錯兒罷了你到說出来我聽寶釵笑道你
還粧憨兒昨兒行酒令你到說的是什麼我竟不知是
那里来的黛玉一想方想起来昨兒失於檢点那牡丹
亭西廂記說了兩句不覺紅了臉便上来摟着寶釵
笑道好姐〻原是我不知道寶釵道聽你說的怪生
的所以請教你黛玉道好姐〻你別說与別人我以後
再不說了寶釵見他羞的滿面飛紅滿口央告便不肯

再往下追因拉他坐下吃茶款款告訴他道你當我是誰我也是个淘氣的從小七八歲也夠个人纏的我們家也筭是个讀書人家祖父手裡也極愛藏書先時人口多姊妹兄弟也在一處都懶看正經書弟兄們也有愛詩的也有愛詞的諸如這些西廂琵琶以及元人百種無所不有他們是偷背著我們看我們却也偷背他們看後來大人知道了打的打罵的罵燒的燒纔丟開了所以咱們女孩兒家不認字的倒好

男人们讀書不明理尚且不如不讀書的好何况你我

就連作詩寫字等事這不是你我分内之事究竟也不

是男人家分内之事男人們讀書明理輔國治民這更

好了只是如今並不聽見有這様的人讀了書倒更壞了

這是書悮了他可惜他也把書遭塌了所以竟不如耕

種買賣到没有什么大害處你我只該作些針黹紡績

的事纔是偏又認得了字既認得了字不過揀那正經

書看也罷了最怕見了那些雜書移了性情就不可救

了一夕话说的黛玉垂头吃茶心下暗伏只有答應是的

一字忽見素雲進來説我们奶奶請二位姑娘商議要

緊的事呢二姑娘三姑娘四姑娘史姑娘寶二爺都

在那里等着呢寶釵道又是什麽事黛玉道咱们到那

里就知道了説着便和寶釵往稻香村來果見衆人都

在那里李紈見他二人先咲道社還沒起就有脱滑的

四了頭要告一年的假呢黛玉咲道都是老太太昨兒一

句话又叫他画什麽園子圖兒惹的樂得告假了探春

咲道也别怪老太〻都是劉姥〻一句話黛玉忙笑道可是〻
呢都是他一句話他是那门子的姥〻直叫他是个母蝗
虫就是了説着大家都咲起来寳釵咲道世上的話到
了鳳丫頭嘴里也就盡了幸而鳳丫頭不認得字不大
通不過一概是市井取笑更有顰兒這促狭嘴他用春
秋法子市井的粗話撮其要删其繁再加潤色方出来
一句是一句這母蝗虫三字把昨日那景都現出来了虧
他想的倒也快衆人聽了都笑道你這一注解也就不

在他両个以下李紈道我請你們大家商議給他多少日子的假我給了他一个月他嫌少你們怎麽說黛玉道論理一年也不多這園子蓋纔蓋了一年如今要畫自然得二年工夫呢又要研墨又要蘸筆又要鋪紙又要著顏色又要剛要說到這裡黛玉也掌不住咲道又要照樣兒慢慢的畫可也得二年工夫衆人聽了都拍手笑个不住寶釵咲道有趣最妙落後一句是慢慢的畫他可不畫去怎樣就有了呢所以昨兒那些笑話兒雖然可咲

曰想是沒味的你們細想顰兒這句話雖然淡的回想
都有滋味我到笑的動不得了惜春道都是寶姐〻讚
的他越發逞強這會子拿我取笑兒黛玉忙拉他笑
道我且問你還是单画這園子呢還是連我們衆人都
画在上頭呢惜春道原說只画這園子的昨兒老太〻
又說单画園子成个房樣子了叫人都画上就像行
樂似的纔好我又不會這上細畫樓台又不會画人物
又不好駁回正為這个為難呢黛玉道人物還容易

你草虫上不能李纨道又说不通的话了這个上邊
那里又用著草虫或者翎毛到要点缀一两様黛玉笑
道别的草虫不要罢了昨儿母蝗虫不画上豈不缺
了典众人又都笑起来黛玉一面笑的两手捧著胸口
一面笑道你快画罢我連題跋都有了起个名字就
叫携蝗大嚼圖衆人聽了越發鬨然大笑的前仰後
合只聽咕咚一聲响不知什麽倒了急忙看時原来
是史湘雲伏在椅子背上那椅子原不曾放穩被他

全身伏着背了大笑他又不防兩下裡錯了勁向東一
歪連人帶椅都歪倒了幸有板壁擋住不曾落地衆人
一見越發笑个不住寳玉忙赶上去扶了起來方漸止了
笑寳玉和黛玉使个眼色兒黛玉會意便走至裡間將
鏡袱揭起照了一照只見兩鬢畧鬆了些忙開了李紈的
粧奩拿出抿子來對鏡抿了兩抿就收拾好了方出來
指着李紈道這是叫你帶着我們做針線教道理呢你
反招了我們來大頑大笑的李紈笑道你們听見這刁話

他領着頭兒鬧引着人笑了倒賴我的不是真々恨的
我只保佑你明兒得一个利害婆々再得几个千刁萬
惡的大姑子小姑子試々你那會子还這麼刁不刁了
黛玉早紅了臉拉着寶釵說咱们放他一年的假罷
寶釵道我有一句公話你们聽々藕丫頭雖會畫不
過是几筆寫意如今畫著園子非離了肚子裡頭有几
付邱壑如何成畫這園子却是像畫兒一般山水樹木
樓閣房屋遠近疎密也不多也不少恰々的是這樣你只

照樣兒往紙上一畫是必不能討好的這要看紙的地步遠近該多該少分主分賓該添要添該減要減該藏要藏該露要露這一起稿子再端詳斟酌方成一幅圖樣第二件這些樓台房舍是必要用界尺畫的一点不留神欄杆也歪了柱子也塌了门窗也倒豎过来堦磯也離了縫甚至於桌子擠到墻裡頭去花盆放在簾子上来豈不倒成了一張笑畫兒了第三要安插人物也要有疎密有高低衣摺裙帶手指足步最是要緊

好

一筆不细不是腫了手就是跏了腳染臉撕髮倒是小事
依我看来竟難的狠如今一年的假也太多一个月也太少
竟给他半年的假再派寳兄弟帮着他並不是為寳
兄弟知道教着他畫那就更悮了事為的是有不知道
的或難安插的寳兄弟拿出去问〻那會畫的相公就容
易了寳玉聽了先喜的說這话極是詹子亮的工细楼
台就極好程日与的美人是绝技如今就问他们去寳釵
道我說你是無事忙說了一聲你就问去也等着商議定

了再去如今且說拿什麽画寶玉道家裡有雪浪紙
又大又托墨寶釵冷笑道我說你不中用那雪浪紙寫
字画寫意兒或是會山水的画南宋山水托墨禁的皴
搜拿了画這个又不托色又難滃漬画也不好紙也可
惜我交給一個法子原先盖這園子就有一張細緻圖樣
雖是匠人画的那地步方向是不錯的你和太〻要了
出来也比著那紙大小和鳳了頭要一塊重絹叫相公礬
了叫他照著這圖樣刪補著立了稿子添了人物就是

了就是配這些青綠顏色並泥金泥銀也得他們配去

你們也得另爖上風炉預備化膠出膠洗筆还得一个粉

油大桉鋪上毡子你們那些碟子也不全筆也不全都得

從新再治一分纔好惜春道我何曾有這些畫器不過隨

手寫字的筆畫〻罷了就是顏色只有赭石廣花藤

黃胭脂四樣再有不過是兩枝著色筆就完了寶釵道

你該早說我這些東西我却還有只是你也用不着給你

也白放着如今我且替你收着等你用着這个的時候我

送你些﹅也可留着畫扇子若畫着大幅的也就可惜
了的如今替你開个单子照着单子和老太﹅要去你
们也未必知道的全我説着寶兄弟寫寶玉早已預
備下筆硯原怕記不清白要寫了記着聽寶釵如此
説喜的提起筆来淨聽寶釵説道頭號排筆四支二號排筆
四支三號排筆四支大染四支中染四支小染四支大南蟹
爪十支小蟹爪十支大青色二十支小青色二十支閉面十
支柳條二十支箭頭硃四兩南赭四兩石黄四兩石青四

兩石綠四兩管黃四兩廣花八兩蛤粉四匣胭脂十片大
赤飛金二百帖青金二百帖廣勻膠四兩淨礬四兩礬
絹的膠礬在外別管他們你只把絹交出去叫他們礬
去這些顏色咱們淘澄飛跌著又頑了又使了包你一
輩子都彀使了再要頂細絹羅四个粗絹羅二个担筆
四枝大小乳鉢四个大粗碗二十个五寸粗碟十个三寸
白碟二十个風炉二个大小沙鍋四个新磁缸二口新水
桶四隻一尺長白布口袋四條浮炭二十斤柳木炭一

斤三屉木箱一个直地纱一丈生姜二两醬半斤黛玉
他道鉄鍋一口鉄鏟一个寶釵道這作什麽黛玉笑道你
要生姜合醬這些作料我替你要鉄鍋来好炒顔色
吃的衆人都笑起来寶釵笑道你那里知道那粗
色碟子保不住不上火烤不拿姜汁子和醬預先抹在
底子上烤過一经了火是要炸的衆人聽説都道原
原来如此黛玉又看了一回单子笑著拉探春悄悄的道
你瞧瞧画个畫兒又要起這些水缸箱子来了想必他

胡塗了把他的嫁粧单子也寫上了探春嗳了一聲笑了个不住說道寶姐〻你還不擰他的嘴你問〻他编派你的話寶釵笑道不用問狗嘴裡還有象牙不成一面說一面走上来把黛玉按在炕上便要擰他的臉黛玉笑着忙央告道好姐〻饒了我罷顰兒年紀小只知說不知輕重作姐〻的教導我姐〻不饒我〻还求誰去衆人不知話內有因笑道說的好可憐見的我們也軟了饒了他罷寶釵原是和他頑的忽聽他又拉

扯上前兒說他胡看雜書的話便不好再和他厮鬧放
起他来寶玉笑道到底是姐〻要是我不饒人的寶釵笑指
他道怪不的老太〻疼你眾人愛你伶俐今兒我也怪疼
你的了過来我替你把頭髮籠一籠寶玉果然轉過
身来寶釵用手籠上去寶玉在傍看着只覺更好看不
覺後悔不該令他抿上鬢去也該留着此時叫他替他
抿去正自胡思只見寶釵說道寫完了明兒回老太〻
去若家里有的就罷若沒有的就拿些錢去買了来

我帮着们配宝玉忙收了单子大家又说了一回閒話至晚飯後又往賈母處来請安賈母原沒有大病不過勞乏了兼着了些凉温存了一日又吃了一劑藥疎散了一疎散至晚也就好了不知次日又有何話且聽下回分解